天边与身边

孙道荣　著

新世界出版社
NEW WORLD PRESS

图书在版编目（CIP）数据

天边与身边 / 孙道荣著 . -- 北京 : 新世界出版社，2017.6

ISBN 978-7-5104-6291-7

Ⅰ . ①天… Ⅱ . ①孙… Ⅲ . ①散文集－中国－当代 Ⅳ . ① I267

中国版本图书馆 CIP 数据核字（2017）第 109135 号

天边与身边

作　　者：孙道荣
责任编辑：董晶晶
责任印制：李一鸣　王宝根
出版发行：新世界出版社
社　　址：北京西城区百万庄大街 24 号（100037）
发 行 部：（010）6899 5968　（010）6899 8705（传真）
总 编 室：（010）6899 5424　（010）6832 6679（传真）
http://www.nwp.cn
http://www.nwp.com.cn
版 权 部：+8610 6899 6306
版权部电子信箱：nwpcd@sina.com
印　　刷：北京中印联印务有限公司
经　　销：新华书店
开　　本：710mm × 1000mm　1/16
字　　数：180 千字
印　　张：15
版　　次：2017 年 6 月第 1 版　2017 年 6 月第 1 次印刷
书　　号：ISBN 978-7-5104-6291-7
定　　价：32.80 元

Contents

目录

目录

Contents

Contents

目录

目录

Contents

Contents

目录

早晨从一朵花开始

窗外又传来“唧唧喳喳”的鸟雀声。

最近一段时间以来，每天一大早，我都是在鸟雀声中醒来的。在城市生活已久，除了在公园，很少能够听到鸟声。是什么吸引了这些鸟雀，来到我的窗前？

起床，好奇地来到阳台上。树冠和栅栏上，飞跃着一大群麻雀，还有几只画眉、燕雀，以及我叫不出名字的小鸟，唧唧喳喳地叫着、跳着、闹着，围着一楼的院子，似乎在迫不及待地等待着什么。

低头，看见一楼的院子里，一大一小两个身影，正在弯腰忙碌着。我认得她们，她们是楼下搬来不久的邻居，一家印度人，听说男主人就在附近的一家软件公司做工程师，正在忙碌的是母女。小女孩五六岁的样子，还没有上学，英语很好。他们是我们这个小区唯一一个外国人家庭，所以很快就引起了大家的注意。我虽然就住在他们楼上，却还没有和他们打过交道。

她们在作画。奇怪的是，并不是在纸上，而是直接在地面上；也不是用笔墨油彩，而是用一种粉末状的东西，均匀地撒在地面上。他们搬来的第一天，我就惊讶地发现，一楼院子的空地上，突然冒出一朵盛开的海棠花，从楼上俯瞰，一层一层的花瓣，竞相怒放，丰润、立体、鲜艳。以为是一朵真花，细看，竟是彩色的粉末做成的。真的很美，使灰色的地面立即有了生机。但我实在不明白，她们为什么要在地面上作这样一幅画、一朵花？第二天，海棠花没了，还是在那块空地上，又出现了一朵红色的牡丹，在边上两片绿叶的映衬下，牡丹花显得无比娇艳。第三天，牡丹花又变成了一朵米黄色的玫瑰，含苞待放。第四天，是几朵簇拥在一起的梨花……每天，在那块空地上，都会有一朵或一簇花朵，灿烂地盛开，或红，或黄，或粉，或紫，五颜六色，娇艳欲滴。

我好奇地注视着她们，这是我第一次看见她们在作画。妈妈先用灰色的粉末，勾出边线，女儿端着一个彩色的盒子，跟在后面，往线里面撒着彩色的粉末，一会儿，一片花瓣现出了它优美的形态，一片叶子伸展出它的经脉。真的太美了，我不由啧啧赞叹。

听到楼上的动静，母女两人都直起腰，抬头。言语不通，我冲她们竖起大拇指。“您好，先生，我们没打扰您吧？”没想到，女孩的妈妈竟然会讲普通话，而且说得很好。女人看出了我的惊讶，解释说，她大学学的专业就是汉语。我冲她们笑笑，说：“你们的花，真美，谢谢！”树枝上的鸟雀唧唧喳喳地叫着，好像在响应我似的。

她们继续作画。早晨的空气，清新，凉爽，有隐隐的花香和泥土的气息。五片红色的花瓣盛开，中间是黄色的花蕊。不认识，我问她们：“这叫什么花？”女人笑着说：“木棉花，是我家乡最常见的一种花。”

犹豫了一下，我终于忍不住，问出了那个一直困扰我的问题：“为什么要在地面上作画，画花？”女人直起腰，抬头看看西方。那是她家乡的方向吧。她说，这是她家乡的习俗，也是一种宗教仪式。她的家在印度北部比哈尔邦的一个偏僻、贫瘠的小村庄，每天早晨，只要有女孩子的家庭，一大早女孩子做的第一件事情，就是在自己家的门口，用彩色的粉末作画，可以是一朵花，也可以是一棵树，还可以是一座房子。彩色的粉末画，是灰色村庄中唯一的亮色。

女人指指手中的盘子说："这个盘子里的粉末，就是用稻米和小麦做的，需要什么颜色，加一点植物的颜料就可以了。"女人说，在自己的家乡，直到今天，还很贫穷，粮食并不富余。那为什么还要用粮食的粉末来作画呢？女人指指站在树上的鸟雀说："因为我们相信，每一个生命都值得尊重，包括天上的这些飞鸟。用粮食的粉末作画，既美化了自己的家，又可以让路过的鸟吃饱肚子。"

我们的一天，就是从一朵花开始的。女人腼腆而自豪地说："我到中国已经六七年了，在几个城市生活过，这个习惯，也至今保存着。"

原来是这样。我由衷地向她们母女点头致谢。小女孩对着树上飞来飞去的小鸟，叽里咕噜说了些什么，然后，拉着母亲的手，往家里走。她是要把这朵花、这个院子，以及这个早晨，都让给那些迫不及待的鸟儿们吧。

我也轻轻地从阳台退回房间。我看到众鸟扑棱棱飞进院子，我听见了它们欢快的歌唱，在这个无比清澈、无比美丽的早晨。

刚进城时，我啥也不懂

去看望一位进城打工的亲戚，在他租住的房子里，恰遇一帮老乡，都来自我的家乡，也都是来城里讨生活的，时间长的已经进城七八年，短的则是今春刚刚来的。与他们用很浓的家乡话交谈，无比亲切。在他们眼里，我在城里有体面的工作，有自己的住房，讲普通话，已经脱胎换骨，成了真正的城里人。可我并不觉得，我与他们有什么不同。

聊着聊着，有人讲起自己刚进城时，因为不会坐公交车，看见一辆辆公交车来了又走了，思来想去，没敢上，最后，硬是靠双脚步行了两个多小时，才从工地走到亲戚租住的地方，加上一天的劳累，脚都磨出了水泡。他讪笑着说，幸亏来时记得是沿着一条大道笔直地走，不然，肯定要迷路，真没想到，城里的一条路，会那么长，那么长。他的话，引起了大家的兴趣，大家不知不觉扯起了自己刚进城时，因为什么也不懂，什么也不会，什么也不知道，所遭遇的种种尴尬。

二胖子说，他刚进城找的第一份活，是送水工，因为对环境不熟悉，开始的时候，老板让他送的都是附近小区的家庭用户，老小区，全是多层建筑，他都是一桶桶扛上去的。有一次，一家公司要求急送水，其他送水工都送水去了，老板就临时让他去送。那家公司在一幢大厦的十七楼，老板嘱咐他坐电梯上去。他扛着水到楼梯口时，正好电梯下来了，走出来一帮人。等人都下完了，他扛着水，犹疑地走进了电梯。他一进去，电梯的门自动关上了。真是神奇啊，他好奇地四下张望。过了一会儿，电梯的门又开了，几个乘客站在电梯口。他扛着水走了出来，抬头一看，傻眼了，怎么还是在一楼楼梯口？原来他没摁楼层，电梯根本就没动。看着电梯门又慢慢关上了，他没好意思再走进去。二胖子说，最后他是爬楼梯，将那桶水送到了十七楼。

三娃笑岔了气："你不摁楼层，电梯怎么会走呢，你可真笨，这么简单的事都不会。"笑够了，三娃自嘲地说，不过，自己刚进城那会儿，也是什么都不懂，闹了好多笑话。印象最深的是，第一次发工钱时，可把他高兴坏了，他想打个电话告诉家里的媳妇。当时，全村只有村西头的代销店有一部电话，在外打工的人，都是将电话打到代销店，然后，代销店就喊一下谁的家人来接电话。那时候，城里的路边上，用的都是磁卡电话，三娃也花二十元，买了一张磁卡，然后，找到一部磁卡电话机。他兴奋地走进了耳朵一样好看的话厅里，这时候他才发现，自己压根不会用磁卡，更不会打电话。他先是拿着磁卡四处比划，一会儿放在话筒上，一会儿贴在数字摁键上，一会儿搁在话机顶，但是，怎么折腾，电话就是不通。捣腾了半天才发现，电话下端有条缝，是要将磁卡插进去的。正面、反面，掉个头，再正面、反面，这样来回插了七八次，才总算让电话能用了。

一个老乡说，他刚进城的时候，有一次去一家宾馆干活，宾馆的大门是旋转门，他拎着维修工具站在门口，犹豫了很大一会儿没敢进去，他不知道怎么跨进去，又怎么跑出来，末了还是工头一手拉着他，将他拖了进去。另一位老乡说，老板给他们每个人办了一张银行卡，工资都是像城里人一样，打进卡里的。第一次拿着卡到自动柜员机上取钱时，他忙活了二十多分钟，急得满头大汗，没取出一分钱。柜员机外，排起了长队，最后惊动了银行保安，以为他在柜员机上做什么手脚呢。一位女老乡说，刚进城那会儿，正好一个亲戚家的孩子结婚办酒席，她第一次上那么高档的酒店吃饭，面前盘子碟子摆了好几个，都那么干净，那么漂亮，她以为都是餐具，所以，吃饭的时候，她端起面前的一只盘子，就去盛饭，边上一个时髦的女孩皱着眉头告诉她，那是盛垃圾的，她的脸窘得通红……

大家你一言，我一语，讲着自己刚进城时，所遇到的一件件尴尬事、难堪事、苦恼事。那都是多么简单的事情啊，但对于他们来说，因为从未见识，也从未经历过，所以，才屡屡现丑，出尽洋相，甚至被人看不起，被笑又傻又土。我知道，即使已经在城里生活了很多年，他们仍然有太多不懂的东西，因为事实上，他们很多人，根本就没有机会了解和融入到主流的城市生活中。

我想告诉他们，不懂，不会，不知道，这都不是他们的错，既不必为此难为情，也不必为此自卑。人生就像一座城，刚进去时，我们都啥也不懂，但仍然是自己人生的主宰。

上帝不会少给你一种色彩

十字星。他屏住呼吸，瞄准，扣动扳机。一团绿色，应声倒地，悄无声息地淹没在周遭绿色的海浪中。

这是一场狙击战，热带草原，因为战争，处处暗藏杀机。为了争夺这块战略要地，双方展开了持久的攻坚战，都伤亡惨重。攻坚战转为拉锯战，茂密的、绿油油的热带草原，成为天然的掩蔽所。双方都将自己的狙击手，布置在阵地前沿，伺机歼灭敌人的有生力量。

他是一名狙击手。虽然入伍才一个多月，在他的枪口下，已经有十二名侵略者被击中。在热带草原绿色的波涛中，他能一眼就分辨出钢盔和迷彩服的绿色与草地的区别，那是两种截然不同的绿色：一个稍深，一个稍浅；一个稍亮，一个稍暗；一个是鲜活的，一个是死寂的。他清楚地看出它们之间的区别，因而，他总能够轻易地将埋伏在草丛中的敌人给甄别出来，然后，一枪毙命。

一团团潜伏的绿色被他识别、看穿、歼灭。他就像一个老练的农民，果断地从庄稼地中揪出稗子，将它们拔除。这些侵略者烧毁了他的家园，屠杀了他的亲人，他们就是人类中的稗子。他想。

在所有的狙击手中，他不是枪法最准的狙击手，也不是埋伏得离敌人最近的狙击手，但他却是最成功的狙击手，他成功的秘诀就是，能从绿色的草丛中，找到埋伏着的伪装得与草地一模一样的敌人。而他之所以拥有这个独特的能力，是因为，他是个色盲。

没错，他是个色盲患者，一个绿色盲。也就是说，他完全不能分辨淡绿色与深红色、紫色与青蓝色、紫红色与灰色的区别。

色盲让他痛苦不堪。

因为不能辨别一些颜色，从小，他就为此吃够苦头。

过马路的时候，他无法识别红绿灯。当走到有信号灯的路口时，他只能根据来往的车辆判断是不是绿灯，或者小心翼翼地跟在其他人的后面，穿过马路。有一次，他看见一个大人飞快地跑了过去，自己也跟着向马路对面跑去。突然，一声急刹车，一辆侧向行驶的小车，在离他不到一米的地方停了下来，司机怒骂他为什么闯红灯。他吓出一身冷汗，原来刚才那个大人是闯红灯的。

有一天，早上起床的时候，因为感觉有点冷，他随手从衣柜里翻出了一件灰色的外套穿上。上学的路上，路人都以怪异的眼光看着他。到了学校，同学们见到他的穿着哄堂大笑，一个要好的朋友将他拉到一边，问他，怎么穿了一件紫色的女孩的外套？他这才明白，是自己慌乱之中，没有辨别出衣服的颜色，他羞得无地自容。

最让他难堪的，是一次绘画课上。老师让孩子们画一幅春天的图案。他画了草地、大树、房屋和太阳。老师让每个人展示并说明自己的作品。他向大家介绍，自己画的是绿色的草地、青色的树冠、黄色的屋顶、红色的太阳。片刻的停顿之后，教室里突然爆发出惊天动地的笑声，原来他把颜色涂成了棕色的草地、浅棕色的树冠、黄色的屋顶、灰色的太阳。美术老师给了他八十分，并告诉他：你虽然不能分辨一些色彩，但你要坚信，上帝不会少给你一种色彩的。

因为色盲，很多专业被限制，他不得不放弃了继续求学，中学一毕业，就跟着父亲做了一个农民。战争爆发后，他像其他热血青年一样，报名参军，但是，体检时，因为色盲，他被淘汰了。同龄人光荣地为国而战时，他却只能默默地耕田劳作，他恨死了自己的眼睛。

正当他心灰意懒时，部队特招一批狙击手，其中竟然也包括色盲患者。他被选中，经过培训后，被派往了前线。身为绿色盲，他意外地获得了一个特殊的能力，就是从绿色的草丛中，能分辨出伪装色和绿草的些微区别，因而准确地判断出敌人的方位。

战争结束后，他被授予了英雄勋章，作为狙击手，他一共成功地击毙了三十八个敌人。他的名字叫宾得，是“二战”时盟军一名优秀的狙击手。

您请坐吧

下午两点多钟，一天中最热的时候。空调公交车缓缓进站，走上来一位五十来岁的男人，头上戴着安全帽，脚穿一双沾满泥浆的雨靴，整个后背都被汗水湿透了，一看，就是在工地上干活的民工。车厢里乘客不多，很多座位都空着。他四周看看，迟疑了一下，然后，轻轻地坐在了公交车内的台阶上。台阶太窄，他只能侧身勉强坐下。而就在他的身后，有三个舒适的座位，是空的。

这张拍客随手拍下的照片，很快在网上被疯狂转发，并引起了持续的热议。看了心酸、想哭、难过，令人感动、钦佩、尊重……几乎所有的网民，都表达了他们在看到这张图片，或者说是这样一幅场景之后，所发出的内心深处的声音。说实话，网民的态度更让人欣慰和感动，这说明普世的价值观念并没有错位，或被颠倒。人同此心，这很重要。

但也有人发出疑问：如果这位农民工大哥，一身汗水和泥浆地走上公交车，然后，一屁股坐在干净的座位上，情形会怎样？

这是个有点残酷的设想，但你不可否认，在现实生活中，我们常常会遇到类似的一幕——

他坐了下来。坐在他左边的妇女扭头看看他，下意识地将身子往边上挪了挪，并将自己的衣角往身上拢了拢，以离他远一些，再远一些。是的，他身上的泥浆和汗水混合在了一起，足以将触碰到的任何洁净的东西弄脏。

他坐了下来。坐在他右边的年轻人皱了皱眉头，腾地站了起来，摇摇头，走开了。他身上的汗馊味真的是太重了，重到你呼吸一口，都会反胃。公交车上的空调又将这股怪味四处吹散，于是，原本清凉的空气里，到处飘浮着他身上的异味，让人窒息。

他坐了下来。坐在他后面的人厌恶地拧着眉，她用一只手捂着鼻子，一只手作扇状，呼哧呼哧地扇着。其实也扇不出什么风，那点小风反而将周边污浊的空气搅和到跟前来。不过，她还是很夸张地扇着，不停地扇着，她的不满的情绪很清晰地在空气中震荡。

他坐了下来。坐在他对面的一位中年乘客憋了半天，终于忍不住站了起来，径直走到他的面前，用手指着他说："你身上这么脏，怎么能坐在这么干净的座位上呢？你坐过之后，后面的乘客还能坐吗？请你自觉一点！"

他坐了下来。他努力蜷缩着，以使自己小一点，不要触碰到别人；他夹紧胳膊，以使自己胳肢窝里的汗臭味不要飘散出来；他低下头，以避开众人的眼神，但从眼睛的余光里，他已经看到全车人对他的反感和厌恶。如果不是在工地上干得太累了，他宁愿走路，也不愿坐公交车；即使坐了公交车，他宁愿站着，也不坐着。可是，可是，他想自己买了车票，自然也可以坐着，但他感觉到，虽然坐在座位上，却一点也不舒适，反而如坐针毡。于是，他的身子慢慢地往下滑，往下滑，直到从座位上完全滑下，屁股最后落到了台阶上……

后来，他一上车，就自觉地找了个台阶坐下，安静得像只受伤的猫一样。这时候，所有的人才发现，他真自觉，他真善良，他真淳朴，让人看了心酸、想哭、难过，令人感动、钦佩、尊重……

可是，自始至终，似乎并没有人关心，坐下，这本来就是他的权利。如果你真的觉得他与你平等，那么，他就不该被歧视，也不该被特别在意。

在所有的跟帖中，我最喜欢这样一句话——“您请坐吧。”平静、安详，以您认为合适的和舒适的姿势坦然坐下，就像在您自己家中一样，就像坐在这个车上的所有其他人一样。

爸爸，我可不可以不如你

儿子的一位同学神情颓丧地来找儿子，诉说心中的苦闷。他们也不避讳我，坐在客厅里就扯开了。我也得以了解一二，归结为一点：对他爸爸很不满意。

这让我非常意外。他爸爸我也算是认识的，很成功的一位父亲啊，我们在家长会上见过几面，一看就是事业有成、知书达理、温文尔雅、见多识广。孩子们都知道他有一个好爸爸，无不艳羡他；就连我们这些做家长的，也自愧弗如，常常自觉不自觉地以他为榜样。这样优秀的一个爸爸，孩子怎么还会不满意呢?

儿子的同学忧郁地说：“正因为他太优秀了，才让我喘不过气来。”

这叫什么逻辑?

儿子的同学摆出了一大摊苦经——

爸爸是农村出来的，从爷爷辈起，我们家就没一个人读过书认得字，爸爸是我们家，也是我们村，出的第一个大学生。二十世纪八十年代，那可是轰动整个山村的大事件，全家人都以爸爸为豪。说实话，我也挺佩服爸爸的，他那个时代，考大学本来就不容易，何况家里生活又那么差，学习条件又那么差。可是，他不该老是拿这事来压我啊，他经常挂在嘴边的一句话是："你现在的生活比我那时候好很多倍，学习条件比我那时候不知道强多少，因此，不管怎么说，你总不能不如我吧？我从农村走向城市，完成了一次跨越。你可不可以跨出国门，弄个洋博士回来？"

"这给我多大的压力啊。"儿子的同学叹着气，无奈地摇着头，"不单是这个，他什么东西都喜欢拿我和他比。我的英语不太好，他先给我买了随身听，又买了MP5，还买了一台微型DVD机，以及一大堆英语碟片读物。虽然这些东西给了我一些帮助，我也非常感谢他为我所做的这一切，但我的英语仍然没多大提高。爸爸开始不高兴了，经常板着脸对我说：'这么好的条件，你都学不好英语，太不像话了！想想当年，我连本英语词典都买不起，还不照样学会了英语，虽然是哑巴英语。不管怎么说，你至少得比我强吧。'"

"叔叔，您说说，凭什么我就一定要比他强？"儿子的同学一脸憋屈地看着我，继续发泄着心中的不悦，"有一次，我们几个同学谈到未来面临的就业问题。我爸爸在一边听着听着，忽然当着我同学的面，一本正经地对我说：'你爷爷是个地道的农民，我也是农民出身，可是，我凭着自己的努力，不但进了城，念了大学，成了公务员，还当上了副处长。你将来不管怎么样，至少不能混得比我差吧？'我的同学听了他的话，一个个面面相觑，我恨不得找个地缝钻进去。没错，他靠自己的努力，走到今天这一步，确实很不容易，可是，这有什么值得骄傲的呢？而且，为什么要我一定要超过他，难道他当上了副处长，我将来就一定要当处长局长才行吗？再说，我对从政一点兴趣也没有，根本不存在可比性啊。"

听着儿子同学的诉说，我大致听明白了。儿子在一边附和道：“其实我爸爸和你爸爸一样，也喜欢拿他自己和我比。”我诧异地看着儿子。儿子撅着嘴巴说：“别的不说，我只举一个例子。我的语文一直不太好，尤其头疼的就是作文了。你是不是老是拿你和我比，说什么你的文章都能四处发表，有的文章还上了语文阅读理解考试题，为什么自己的儿子，连个像样的作文都写不出来？”

儿子没说假话，我确实对儿子的作文不满意，我也经常会有意无意地在儿子身上寻找那些比我强的地方。作为父母，我和天下的父母一样，总希望自己的孩子能够超过自己，比自己这一代有理想，比自己这一代有能力，比自己这一代有出息。难道这有什么不妥吗？不然的话，长江后浪推前浪，怎么能够一代比一代强呢？

可是，从儿子和他的同学来看，他们显然对我们的一厢情愿并不买账。相反，过多的比较，反而让他们厌烦，甚至逆反。

正踌躇着怎么和儿子他们沟通，儿子的同学忽然说：“其实，我也有比我爸爸强的地方，前不久刚刚举行的全国中学生信息学奥林匹克竞赛中，我获得了二等奖，而我爸爸，至今连怎么上网发邮件都不会。”

我拍拍他们的肩膀。我赞成他们的观点，你们可以不比自己的爸爸强，也不一定什么都要超过自己的父母，但你们同时应该知道，你们身上，一定有超过你们父母的地方。

孩子，我认同这样的超越。

一只鸡蛋的温暖

朋友曾在一个边远省份支教。

当地很贫穷，吃得很差，有的孩子早上去上学，甚至是饿着肚子的。为了帮助这些山区里的孩子，由政府出资，每天为每个学生提供一只免费的鸡蛋。

早读完之后，开始分发鸡蛋，每人一只。农村家家都养鸡，鸡下蛋，可是，那些鸡蛋大人是要拿去换油盐酱醋的，根本舍不得自己吃。没想到，学校会免费给大家分发鸡蛋，这让孩子们兴奋不已。朋友至今清晰地记得，第一天发鸡蛋时，有个男孩子一口将鸡蛋整个吞了下去，噎得直翻白眼，老师们又是拍背，又是抹胸，又是倒开水，好不容易才帮助男孩子将鸡蛋强咽了下去。每次想到这个情景，朋友的心里就异常难过，他知道，那些可怜的孩子，因为难得吃到一次鸡蛋，才会那样馋的啊。

可是，发鸡蛋没几天，就出现了意外情况，不少孩子拿到鸡蛋后，并没有自己吃，而是偷偷藏了起来。他们为什么要将鸡蛋藏起来呢？是鸡蛋不好吃？当然不是。情况很快就弄清楚了，那些将鸡蛋偷偷藏起来的孩子，是舍不得自己吃，他们想将发给自己的鸡蛋带回家，给自己的奶奶吃，或者与自己年幼的弟弟妹妹分享。

了解到这一情况后，学校做出了强制规定，发给每个学生的鸡蛋，必须自己吃，而且必须在早读后立即吃掉。为了确保每个学生都将发给他们的鸡蛋吃掉，学校还组成了一个监督小组，负责检查、监督学生们每天吃鸡蛋的过程。朋友是监督组的成员。

朋友告诉我们，真没想到，那些山里的孩子，为了能将发给自己的鸡蛋省下来，带回家，竟然想出了各种各样的办法，和监督老师“斗智斗勇”。

有个瘦瘦的男孩子，每次拿到鸡蛋后，就表现出迫不及待的样子，噼里啪啦很夸张地用鸡蛋敲击桌面，剥完壳，张着大嘴，一口将鸡蛋吞了下去，嘴巴还“吧唧吧唧”地嚼得很响，吃得有滋有味的样子。朋友站在教室的窗外，一连观察了好几天，终于发现了这个男孩子的秘密：每次他剥好鸡蛋后，都会悄悄将鸡蛋藏在一个塑料袋里，而将空手往嘴里一塞，装作将鸡蛋塞进嘴里的样子。朋友问他为什么要将鸡蛋藏起来。男孩说，他的父母都在遥远的城里打工，几年才回来一次，他和奶奶生活在一起，奶奶年纪大了，身体也不好，他想将鸡蛋带回家给奶奶吃，让奶奶补补身体。

有个女孩子拿到鸡蛋后，总是吃得很夸张，嘴巴里鼓鼓囊囊全是白色的蛋清和黄色的蛋黄。朋友仔细一观察，发现了问题：每隔一天，女孩子的嘴巴里才会鼓鼓囊囊，第二天，则只是“吧唧吧唧”的空响声。原来她是隔一天吃一只鸡蛋，另一天的鸡蛋则被她私藏了起来。有一天，朋友不声不响地走到她身边。意识到自己的秘密被老师识破了，小女孩难为情地低下了头。她轻声说，家里穷，没钱买肉，吃的菜基本上都是菜园里的蔬菜，难得有荤菜，她隔一天省一个鸡蛋带回家，是为了让妈妈将鸡蛋做成菜。

朋友说，每发现一个孩子偷藏鸡蛋，他的心就会既酸楚，又温暖；既难过，又感动。这些将鸡蛋藏起来的孩子，都是为了省下来，带回家给自己的家人吃。对这些偏僻的山里孩子来说，鸡蛋就是人间美味了，他们不想独吃，而希望与家人共享。但是，给每个学生每天发一只鸡蛋，是希望这些孩子能够健康成长，他们是大山的未来啊，鸡蛋必须是孩子们吃掉的。因此，学校想尽办法，除了监督外，有段时间，甚至要求孩子们吃完鸡蛋后，将蛋壳上交。即使这样，仍然有不少孩子，想方设法将分给自己的鸡蛋省下来，藏起来，带回家。

不过，每次“抓”到藏鸡蛋的孩子，朋友从不当面指出来，他不想让这些孩子在其他孩子面前难堪。而自知被他发现了的孩子，会当着他的面将鸡蛋拿出来，恋恋不舍地吃掉。朋友说，如果不是亲眼所见，你绝对想象不出来，那些孩子吃鸡蛋的样子，那么投入，那么享受，那么有滋有味，仿佛他们吃的是天底下最好吃的东西似的。

有一次，朋友对一个经常藏鸡蛋的男孩子说，你正是长身体的时候，其实，你自己将学校发给你的鸡蛋吃下去，会让家人更开心的。男孩子看着他，郑重地点点头，很赞同的样子。朋友讲完了，男孩子忽然对朋友说：“可是，老师，我把鸡蛋省下来给奶奶吃，比我自己吃更开心啊。”那一刻，朋友的眼睛猛地湿润了。

朋友感叹说，在城里生活了这么多年，从来没有体会到，一只鸡蛋给他所带来的如此强烈的触动。也许最好的办法，是让那些孩子和他们的父母远离贫穷，远离饥饿，远离苦难。

但是，无论多贫穷，也无论多艰苦，一只鸡蛋就可以给我们传递无穷的温暖。

一个人，一座城市

火车经过砀山。这是陇海线上的一座小城，很多火车都不停靠，包括我乘坐的这个班次的列车。列车呼啸而过的时候，甚至连月台上的站台名都难以看清晰，但我的心，还是怦然跳动了一下。当年我的一位大学室友，就是来自这个小城的。每年新学期开学的时候，他都会用网兜背来一大袋的梨子，包括周围寝室的同学，每人分一个。那梨子，又大，又脆，又甜，他告诉我们，这是他家乡的特产——砀山梨。

因为这位同学，我记住了在偏远的皖北，有一座小城叫砀山，盛产梨子。这也是迄今为止，我对这座县城唯一的了解。大学期间，他几次邀请我们去他的家乡做客，可惜最终都没能成行。大学毕业后，他留在了省城工作。我知道，也许这辈子我可能都没机会去这座小城走走看看了，但这丝毫也不影响我对它的好感，因为在这座小城，曾经有一位与我同寝室四年的同学。

一个地方给我们留下印象，可能是因为我们去过，留下过匆匆的脚印，也可能是因为在地理课或新闻上看到过，留下了一鳞半爪的记忆；可能是因为别致的美景、风味独特的小吃，也可能是因为深厚的文化底蕴，而被它吸引……还有一种可能，仅仅是因为一座城市、一个地方，有某个人，一个和你一样普普通通的人。经常是因为知道了某个人，才知道在遥远的地方，还有这么一座城市，或县城，或小镇，或乡村，而它的名字，可能在此之前，从未听说。

义乌是全国最大的小商品集散地，其名声之大，不言而喻，但是，每次别人和我说起这座城市的时候，我的眼前浮现的，并非琳琅满目的小商品，而是一个留着一字胡、总是笑容满面的人。他是我认识的一位写小说的朋友，在全国的小说笔会上遇到过几次，相谈甚欢。我相信如果有机会去义乌，我首先想到的，一定不是去逛小商品市场，而是打电话给他，约他见见面，喝杯茶，聊聊天。是他，一个爱好文学的普通人，让我与这座世界闻名的小商品城市有了某种联系。

关注或喜欢一个地方，很多时候，也是因为一个人。我有个亲戚的妻子是河南遂平县的。以前从没有听说过这个地方，因为这层亲戚关系，我知道了河南还有这样一个小县城，偶尔听到遂平的消息，我都会关注一下。有一次家里的卫生间漏水，从家政公司请了一个水电工来维修，说一口河南话，于是问他老家是哪里的，他告诉我是河南遂平县的。真有点喜出望外的感觉，骤然觉得，与他亲近了很多。我告诉他，我的一个亲戚，也是遂平的呢。话题多了很多。

有一天，忽然接到来自长春的一条信息，关切地问我：你们那儿是不是地震了？你有没有事？她告诉我，刚刚在网上看到说杭州有震感，怀疑是地震了，立即就想到了我，所以问候一下。她是一家杂志社的编辑，平时我们只谈一些稿件的事，此外就没有过什么联系。她的问候，让我觉得无比温暖。我告诉她，没有地震，是误传。一个普通的作者，因为住在杭州，所以，当远在千里之外的她听说杭州有震感的时候，首先想到了我。也许在她看来，杭州除了有美丽的西湖之外，还有一个她认识的作者呢。

很多外地的朋友告诉过我，每次从萧山机场乘机或转机的时候，都会不由自主地想到，有个朋友就在这里工作、安家落户。他们中的很多人，匆匆而来，又匆匆而去，甚至都没有联系我，但是，只要来到杭州，或者路过杭州，都会想起我。

他们就这样将我与杭州紧密地联系在了一起。在近千万人口的杭州，我只是沧海一粟，普通得不能再普通，但是，在他们心中，我和杭州又是如此密不可分。这是多么奇妙的一件事啊。

虽然你很普通、很渺小，但一定是因为有了你，有的人才记住了一个地方、一个城市。你怎么能小觑了自己呢?

陪我聊了一下午

很晚，儿子才高一脚低一脚地回到家。老母亲竟然还没睡，坐在客厅的沙发上，正在摆弄什么仪器。

儿子奇怪地问母亲："怎么还没休息？"老太太向儿子招招手："你过来看看，这是我今天刚买的一个机器。"儿子好奇地走过去，瞅了一眼说明书，是个负离子空气净化器。老母亲兴奋地说："这东西可以净化空气，能产生什么子，坐在家里，就等于走进大森林了。"

"那叫负离子。"儿子嘟囔了一句，"你在哪买的？这东西多半是骗人的。"

老太太像孩子一样噘着嘴："怎么会呢？整整四千元钱呢。"

"这东西能值四千元？妈，你又上当了！"儿子一听，差点蹦了起来，酒也醒了不少。

"不会的，不会的。"老太太摘下老花镜，连连摇头。

儿子有点生气地问："是不是上门推销的？跟你说了多少次了，上门推销的，花言巧语，都是专骗你们这样的老头老太的，千万别被他们忽悠。没想到，你还是上当了，竟然花了四千元钱。”

老太太也不高兴了：“人家上门来是不假，但可不是像你说的来推销的，刚开始，人家小伙子还死活不肯卖给我呢。”

儿子不耐烦地摆摆手：“那你说说，到底是怎么回事。”

老太太不急不慢地说：“今天下午，午觉睡起来之后，心里闷得慌，我就想下楼去转转，跟楼下的老家伙们唠唠嗑。一开门，看到一个陌生的小伙子，背着个大包往楼下走，满头是汗。我就问他找谁。他看看我，放下包，对我说，来给楼上一家送货的，人不在，白跑一趟了。小伙子擦擦脸上的汗，红着脸问我：大娘，能不能讨碗水喝？我就让他进来，喝口水，喘口气。”

“小伙子真懂事呢。”老太太看一眼儿子，接着说，“我想给他泡杯茶喝，小伙子坚决不肯，说是怕给我添麻烦。我就给他倒了杯凉开水，小伙子一口气就喝干了。我就又给他倒了一杯。”

老太太眯着眼睛，像回忆往事似的：“小伙子喝了水之后，就跟我聊起天来。他讲一口方言，跟我当年插队那地方的口音差不多，一问，还真是那个县的。小伙子告诉我，家里太穷了，考上大学没钱上，就出来打工了，现在负责送货。送一趟货，能拿到十元的提成。这么热的天，多不容易啊。

“正在聊着的时候，你媳妇打电话回来，让我把阳台上晒的几床被子收一下。小伙子一听，二话没说，就主动帮我去把阳台上的棉被都收进来，叠整齐，又帮我放到橱柜里去。我看小伙子这么懂事，就留他多坐会儿，等会儿再上楼看看，那家人有没有回来，免得再跑一趟。就这样，小伙子留了下来。我怕小伙子干等着，着急，就准备打开电视让他看，被他拒绝了。他说，陪您老聊聊天吧。他告诉我，出来打工之后，已经两年没回家了，很想念妈妈，经常梦见她。多好的孩子啊。”

老太太拍拍沙发：“小伙子就坐在你这个位置，陪我聊天。问我今年多大了，身体怎么样，胃口好不好，问得可细了。听说我晚上经常睡不好觉，他还给我写了一个方子，说他妈妈也有这个毛病，就是吃这个方子治好的。”老太太说着，要去找那个方子。儿子拉住老太太的手道：“不忙着找，你接着说。”

老太太咧嘴笑着说：“后面也没什么，就是坐着陪我聊天，听我掰掰以前的事。连你们都不爱听的，没想到，他一个陌生的小伙子，听得那么认真。”老太太忽然伤感地说，“那些事，好多年我都没提起过啦，没人愿意听喽。”

儿子不耐烦地打断老太太：“那你怎么会买下这东西？”

老太太顿了顿，说：“这样不知不觉就聊了几个小时，我突然想起他是来送货的，就让他上去看看那家人有没有回来。他就去了，一会儿回来，失望地说，还是没人。我看他的包挺沉的，就问送的是什么东西。他告诉我，是空气净化器，能产生什么子，对老人和小孩特别有好处。我就跟他说：‘那干脆卖给我算了，你下次再送一个来，也免得来回背着跑，多辛苦啊。’就这样，我就买下了。”

儿子直跺脚：“你看看，还是上当了吧，他前面讲的那些，都是给你下的套呢。”

老太太也生气了：“什么套不套啊，人家好心好意陪我聊了整整一下午，就凭这一点，我就觉得值。”看一眼儿子，老太太嗫嚅地说，“你们什么时候愿陪我聊天啊？”

守　护

下午的阳光，像碎银一样洒满水面，小河拐了个弯，缓缓地流淌。

我沿着河边散步。这里是城市的边缘，安静，祥和，正是上班时间，河边很少看到行人和游客。约好了和附近的一个朋友见面，他正在赶来的路上。我在一堆矮树丛后面，找了一块石头，坐下。

忽然听到一阵“哗哗”的水声，扭头看去，树丛的后面，小河的弯道处，两个八九岁的孩子正在河边“扑腾扑腾”地玩水。刚刚初夏，水应该还是凉的，孩子们已经迫不及待地跳进了水中。我笑笑，到底是孩子，对水有着天然的亲近。

稍稍大一点的孩子，在教小一点的孩子怎么游泳。大孩子拉着小孩子的双手，小孩子昂着头，两只脚拼命地打着水，河边溅起一朵朵快乐的水花，不时传来两个孩子欢快的嬉闹声。这让我想起自己小时候学游泳的场景。他们不会知道，树丛后面，一个中年男人好奇而羡慕地注视着他们。

我四周看了看。岸边堆着两个孩子脱下的衣服，离衣服不远的地方，另一簇树丛下面，坐着一名中年妇女，目不转睛地看着河里嬉戏的孩子。树丛挡住了我的视线，我不能确定她的年龄，也许她是其中一个孩子的母亲，也许是奶奶，也许是别的什么亲戚。

两个孩子继续玩着水，一会儿“扑腾扑腾”地学游泳，一会儿又互相泼水，打起水仗，很开心。树丛下面的中年妇女，安静地看着他们，脸上挂着似有似无的笑意，有时拿出手机，翻看几眼，又关上，目光回到水中的孩子身上。

几分钟，也许十几分钟之后，两个孩子似乎玩累了，光着腚，向岸上走去。大一点的孩子，朝中年妇女坐的树丛下面瞄了一眼，忽然涨红了脸，用双手捂住下体，急急地跑到衣服边，胡乱地套上了裤子。小一点的孩子，也很快地穿着衣服。我忍不住“扑哧”一声笑了，两个孩子，害羞了呢。中年妇女将头扭向另一边。

两个孩子穿好了衣服，手拉着手，沿着河边的小路，跑了。

奇怪，他们竟然没和中年妇女打声招呼，而中年妇女，也没有跟着孩子离去。她站起来，掸掸身上的草屑，看看两个孩子的背影，朝我这边走来。

中年妇女从我身边走过的时候，我忍不住好奇，和她打招呼。我的问候吓了她一大跳，她大概没想到树丛后面还有人吧。我问她：“刚才游泳的两个小家伙，是你的孩子吧？现在就下水，太早了点，水肯定还有点凉呢。”

她看看我，摇摇头：“他们不是我的孩子，我也不认识他们。”

“不是你的孩子？”我诧异地看着她，笑着说，“看你的神情，我还误以为是你的孩子呢。”

她再次摇摇头，指着路那边的一幢民房说：“我家就住在那儿，刚才路过时，看到河里有两个小家伙在玩水，边上又没见大人，估计是自己偷跑来玩水的，我不放心，所以就在边上坐了下来，怕他们有什么意外。”

又指指小河说，“这条河看起来不深，但是有几个险滩，每年夏天，都会发生意外。”

我明白了，冲她点点头：“你是个好人。”

她不好意思地笑了：“现在的孩子，都是家里的心肝宝贝呢，又调皮得很，要是出个什么意外，一个家就毁了。我反正也没什么事，看到他们在玩水，就盯几眼，有个大人在边上，总会安全些。我没看到你也坐在河边。”

我有点难为情地笑笑。我只是闲坐，而她是为了一份默默的守护呢。

中年妇女和我告别，向路对面走去。

阳光安静地洒在水面上，风吹到脸上，暖暖的。

地板上的月牙儿

头发理好了。镜子里的我显得精神多了，我满意地朝理发师点点头。

我准备站起来，理发师却示意我再等等。以为他觉得哪里不如意，还需要修剪一下。为客人理发，他总是丝毫不马虎，不论是生客，还是熟客，这也是我定点在他这儿理发的原因。我笑着说："可以了。"他换了一把细细长长的剪刀，对我说："你有几根白头发，我帮你挑出来，剪掉。"说着，左手将我的头发扒开，理顺，轻轻地挑起一根，右手握着剪刀，小心翼翼地伸到发根，剪断。

一根、两根、三根……一共找到了十九根白发，都帮我从发根剪掉了。又仔细地用手将我的头发都扒拉了一遍，确认没有白头发了，才拿起梳子，帮我将头发重新梳顺。一边梳理，一边跟我讲着平时怎样护理头发。从镜子里看到他，神情专注、熟练、从容，像做着一件大事似的。

这是小区里的一家社区理发店，门脸很小，只有他一个理发师，也只有一张椅子。虽然离家近，但以前我从没有进去理过发，总感觉这样的小理发店，是专门为社区里的老人们服务的。我都是在小区外的一家大理发店理发。直到有一次，因为急于参加一个活动，来不及去那家大理发店了，我才第一次走进他的小店。没想到理发师的手艺非常棒，剪出来的发型很适合我，价格也公道，理一次发，只要十元钱。

再次去他的理发店理发时，他正忙着为另一个客人理发。我坐在一边等待，这才留意了一下他的小店，狭小、干净，设施非常简单，唯一可以称得上精致的，是地上铺着的暗红色的实木地板，与一般理发店黑白相间的地砖显得很不同，让人感觉古朴而温暖。他低着头，专注地为客人修剪着头发，不时围着椅子移动脚步。当我的目光落在他的脚上时，惊讶地看见，椅子后面的地板因为他的脚踩来踩去，红漆被磨光了，露出了木头的本色，样子看起来就像镶嵌在暗红色地板上的一个白色的月牙儿。

在帮我理发时，我和他聊了一会儿。他告诉我，从这个小区建立那天起，他的这个小店就开张了，至今已经快二十年了，小区里的不少老住户都是在他这儿理发的，有的孩子刚出生时在他这儿剪的胎毛，如今都长成大小伙子了。难怪椅子后面的地板，都磨出了木头的本色。我让他看看自己的脚下，他低头瞅了瞅，忽然憨憨地笑着说："地板都磨白了。"我说："那是你踩出来的月亮呢。"

地板上的月牙儿，那是一个理发师十几年的舞台。想象着一个人长年累月，就围着一张椅子转动、工作，那是怎样的一种寂寞，又是怎样的一种境界啊。月亮升起来了，理发师也从意气勃发的青年，步入了蹒跚的中年。

每次去菜市场买菜，我都会上唐师傅的肉铺，买点猪肉或排骨。不为别的，就因为唐师傅卖的肉安全、公道，绝不会有病猪死猪。一年三百六十五天，除了每年大年初一这一天关张外，唐师傅的肉铺天天都会营业，而唐师傅总是站在他的肉铺后面，笑眯眯地迎接着每一位顾客。

唐师傅的肉铺上有一个硕大的砧板，厚度足足有一尺半，是最好的蚬木做的，样子不像是个砧板，更像是一个敦敦实实的圆木桩，靠里的一侧深深地凹陷下去。有一次和唐师傅闲聊，他告诉我，这是二十多年前，父亲特地去广西给他买回来的。那时候他刚刚高中毕业，高考落榜了，心灰意懒地跟着父亲在菜市场学卖肉，这个砧板就是父亲送给他的礼物。当时，这个砧板的高度有六十公分厚。唐师傅一边为我剁骨头，一边有点自嘲地说："没想到，这一干就是二十多年，如今儿子都读大学了，那么厚的砧板，也被我剁掉一小半了。

唐师傅挥舞着厚实的砍刀，在砧板上一刀刀剁着，坚定、干脆、有力，手起刀落，骨头被剁成均匀的块状。

忽然想，这块砧板不就是唐师傅的舞台吗？砧板一点点凹陷下去，岁月一点点流逝，砧板挑起了唐师傅一家的生活，也支撑着唐师傅的希望。

对我们很多人来说，人生的舞台，也许就是一张理发椅、一块厚实的砧板，或者一台缝纫机、一面黑板、一个方向盘、一只电脑鼠标、一亩土地、一把瓦刀……我们一生中的很多时间，就是在它们面前度过的。舞台如此之小，微不足道，但是，只要稍稍留意，你就会发现，那里面一定有一个人的青春和岁月的痕迹，一定也呈现出了一个美丽的月牙儿。

正是无数个这样的小舞台，才搭建成了人生的大舞台、社会的大舞台。

来得快的，去得也快

春节回乡，和三叔聊起村里的近况。

三婶说："和你一起长大的，现在就数小狗子混得最好了，去年他买了一张彩票，中了一百多万元，发了。这个数字，对村民来说，几辈子也挣不来。"三叔听了三婶的话，却直摇头："他那个钱，来得快，去得也快。不信，你们等着瞧。"

小狗子是小名，从小就机灵，却不怎么肯吃苦，所以，学上到初中，没毕业，就辍学了。家人让他学了木匠手艺，嫌累，没满师，又放弃了。种的两亩庄稼地，人家施农肥，勤耕勤种，他简单，种子撒下去，再撒点化肥，就不管不问了，杂草长得比庄稼还茂盛，顶多再撒几把除草剂。收成少不说，几年下来，地板结了，栽下去的秧苗跟他一样枯黄消瘦。他索性将地抛了荒，进城去了。也不好好打工，东一榔头，西一棒子，三天打鱼，两天晒网。和他一起进城打工的人，都攒了钱回家，盖房子娶媳妇，他什么也没落下，快三十了，都没钱结婚。

没想到，整天做着发财梦的小狗子，还真就发了，中了一百多万元的大奖。大家都热情地为他盘算着，拿多少钱盖房，拿多少钱讨媳妇，拿多少钱留本做生意。中了大奖的小狗子，穿上了名牌，抽上了好烟，甚至买了一辆小轿车，副驾驶上坐着一个漂亮的姑娘，两个人亲热得村民瞅一眼都脸臊。房子盖到一半，小狗子忽然不见了，据说是和漂亮姑娘一起去港澳游了。一个多星期后，小狗子和漂亮姑娘一起回到了村庄，人又瘦了一圈儿，据说是玩到澳门，禁不住诱惑，走进了大赌场，两天两夜才出来，身上的现金输得一干二净不说，带去的一张银行卡也支空了。好在为了盖房子，家里还留下了二三十万。在家憋了三五天，一天，小狗子接了一个南方来的电话，是他在城里时认识的一个南方人，盛情邀请他到南方某地去发展。小狗子将盖了一半的房子停了工，带上所有的余款，携漂亮姑娘一起连夜去了南方。

一个多月后，小狗子再次出现在村庄时，是孑然一人。又黑又瘦的小狗子，比他抛荒的地里的野草还憔悴。他自己说是去南方投资不慎，血本无归。消息灵通的人士说，那个约他去南方的朋友是开地下六合彩庄的。小狗子将他手中的钱，一次次拿去买了地下六合彩，期望再次出现奇迹，中个大奖。大奖没中，手里的钱全流进了彩庄的腰包。

清明我再回乡时，村里到处流传着小狗子大起大落的故事。小狗子买彩票中的一百多万元，在短短不到半年的时间里，就散失得差不多了。有人叹着气说，那么多钱啊，就算是一天花一百元，也够他花好几十年啊，竟然那么快就败光了。说这话的村民，一家四口人一天花不到十元钱。有人为小狗子算了账，除了盖了一半的房子，以及一身已经显得不合身的名牌，加上那辆没钱加油的小汽车，小狗子什么都没剩下。

三叔摇着头说：“我早说过，来得快的，去得也快。只有自己辛辛苦苦挣来的血汗钱，才晓得珍惜，也才能守得住啊。”

我好奇地问：“不对啊，小狗子中奖之后，不是还带了个漂亮姑娘回来吗？那姑娘呢？”

这一次，三婶连连摇头了：“那姑娘啊，是小狗子买汽车的时候认识的，听说是店里卖汽车的，看到小狗子发了财，就跟小狗子好上了，没到一个星期，就打了结婚证，就是电视里说的那个什么闪不闪的。”

“那叫闪婚。”一旁的侄子插嘴说。

三婶点点头说：“对，就是那个闪‘昏’。能不发昏吗？全是被钱烧昏的。刚开始的时候，两个人好得跟电视里的人似的。后来，小狗子去南方，将钱都败光了，那姑娘就翻了脸，不跟他了。前后不到三个月的光景呢。”

“那叫闪离。”一旁的侄子又插嘴说。

旁边有人神秘地加了一句：“听说那姑娘又跟喊小狗子去南方的那个朋友好上了。”

说到这儿，众人摇头，叹气，都可惜小狗子没有福分。

三叔猛吸了一口烟，徐徐吐出，青烟袅袅。三叔说：“还是那句话——这世上的事情，大凡来得快的，得来容易的，多半也一定去得快，散得快。财啊，运啊，婚姻啊，莫不是这个理。”

我钦佩地看着三叔。三叔识字不多，说的话却充满了智慧，那是他悟了一生的道理呢。

请别夸赞我的孩子

“等会儿我的女儿要到办公室来，求你们一件事。”她面带恳求地对我们说。她是我们的同事，前不久刚从另一个部门调过来。

“都是同事，求什么啊。”大家诚恳地说，“有什么需要我们做的，尽管开口。”

犹疑了一下，她说：“是这样的，我女儿今年四岁，刚上幼儿园，不谦虚地说，小丫头长得还蛮好看的。”

我们都笑了。这话我们相信，虽然她女儿我们还没见过，但是，她自己就长得非常漂亮，被誉为我们单位的一枝花，如果不告诉你，你绝对看不出她已经结婚了，女儿都四岁了。她的女儿肯定像她一样漂亮。有人好奇地问：“那么，你的漂亮女儿来了，需要我们做什么呢？夸夸她？”

她直摇头，“这正是我要求求大家的。”她说，“孩子来了，拜托大家，看在我的面子上，千万别夸奖她，特别是不要夸赞她长得漂亮啊、好看啊什么的。”

有人掩饰不住地吃吃笑。真没见过这样的妈妈，不让别人夸孩子，再说了，现在的孩子，哪个不是长得水灵灵的啊。

正说着话，有人敲门。打开门，一个小女孩走了进来，后面跟着一个老太太。我们都惊呆了，小丫头真是太好看了，大大的眼睛，白里透红的皮肤，像个洋娃娃似的。有人啧啧嘴，似乎话到嘴边，又咽了回去。说实话，如果不是她提前跟我们打了招呼，办公室里一定会响起一片赞叹声。

她感激地看了我们一眼，让女儿喊我们。“这是阿姨。”小姑娘甜甜地喊一声“阿姨好”。“这是姐姐。”小姑娘又甜甜地喊一声“姐姐好”。她指指我：“这是大伯伯。”小姑娘仰着脑袋，甜甜地喊：“大伯伯好！”我忍不住脱口而出，夸了她一句：“你好，宝宝真懂礼貌。”

老太太是她的婆婆，来拿她们家钥匙的。小姑娘第一次上她的新办公室，好奇地将她的办公桌翻了一遍，然后，高高兴兴地拉着奶奶的手，跟我们告别，回家去了。

送走了女儿，她回到办公室，向我们表示感谢。有人说：“你女儿真的太好看了，小嘴巴也特别甜。可是，我们为什么不能夸夸她呢？”

她显得有点尴尬，难为情地解释说，每次带孩子出去，不管是认识的不认识的，都会夸赞孩子长得忒好看，真漂亮，有的人还喜欢一边夸赞，一边捏捏孩子的脸。

“这很正常啊，小丫头是长得很漂亮嘛，大家夸她，是因为喜欢她，这有什么错吗？”大家议论。

她有点腼腆地笑笑：“女儿和我小时候长得一样。”我们都笑了，女娃像娘嘛。她接着说，“小时候，大人带我出门，我也是到处都听到别人的夸赞，长得真水灵，长得真好看，长得真可爱……总之，都是夸赞我长得漂亮。因此，从很小开始，我就知道自己长得比一般人好看，别人的夸赞让我很受用。可以说，我是在别人的夸赞声中长大的。因为老是听到别人夸赞我的容貌，使我变得特别在意自己的外貌，不瞒大家说，小时候，我比一般的女孩子更喜欢照镜子，越看越觉得自己长得跟个仙女似的。结果把心思都用在这上面了，学也没上好，性格也变得乖僻了。我不希望女儿像我一样，所以，我跟亲朋好友都打过招呼，请他们千万别在孩子面前夸赞她的长相。”

原来是这样。我自责地对她说：“我刚才还是忍不住夸赞你女儿了。”她笑笑：“我听到了，你夸她懂礼貌，这样的夸奖，没有问题啊。”她说，“我只是不希望别人老是夸她的长相，有时候遇到陌生人夸赞她长得好看，我就会赶紧撇开话题，夸赞她懂礼貌、很能干，转移她的注意力。”

说实话，她算得上一个漂亮又能干的女同事，不过，在此之前，我们一点也没有觉察到外貌所带给她的困惑。她做得对，夸奖是一种信号，会引导一个人的注意力。有时候，怎样夸赞孩子，就是给孩子怎样的方向。

等不及

看电影，一部新上映的大片。很多人是排了很长时间的队，才买到票的。故事临近结尾，有人已经站了起来，开始退场。但影片并没有结束，主题音乐还在响着，很好听的旋律；演职人员的字幕才刚刚打出，中间还穿插着一些拍摄花絮什么的。更多的人站了起来，退场，一边往门外走，一边扭头张望。没有几个人有耐心等到“the end”，虽然那可能只是一两分钟的时间。大家都迫不及待地离场，似乎有什么急迫的事情等待着他们似的。可是，奇怪的是，大多数人走出影院的大门之后，却并没有急急地走开，而是站在门口，闲聊着电影的内容。他们宁愿这么站着回味，也等不及把电影的最后一幕看完。

看演出也是如此。无论多么精彩的演出，总是未及演员谢幕，就有人急匆匆地站起来，开始离场。等到大幕重新拉开，全体演员出来向观众谢幕的时候，剧场内早已乱糟糟一片，过道上挤满了争先恐后退场的人们，没有几个人在意舞台上频频致意的演员，他们等不及了。我不知道舞台上演员们的感受，一定会是垂头丧气的吧。

每次坐飞机，我都会有一种压迫感，这感觉来自飞机降落的那一刻。飞机还在跑道上滑行，广播里反复地提醒着乘客们飞机还没有停稳，请不要站起来，请不要走动，请不要打开行李架，请不要打开手机。但一点用也没有，一个乘客站了起来，又一个乘客站了起来；一个乘客打开了行李架，又一个乘客拿出了自己的行李；一个乘客站在了过道上，又一个乘客挤了进来；几乎所有的乘客都打开了手机……在飞机停稳、机舱门打开之前的几分钟，总是飞机上最混乱的时刻，大家拥挤着走下飞机，仿佛时间无比紧迫，一分一秒都等不及了。然后，所有的乘客又都拥挤在行李出口，等待着传输带将他们的行李运过来。他们明知道会在这儿等待行李，也不愿意遵守秩序，在飞机上多待一秒钟。

坐火车更糟糕。火车还没有进站，车厢里的乘客都已经全部站了起来，拿好了自己的行李，挤到门口或过道上，迫不及待地等待下车。火车停车的惯性很大，在“哐当哐当”的刹车声中，人们东倒西歪，前后摇摆晃荡，很不安全，但这丝毫也不能阻止人们第一个跳下车的决心。事实上，第一个匆忙跳下车的，与最后一个从容走下车的，其间绝不会超过两三分钟，但是，大家都等不及了。

我每年都会参加几场朋友、同事的婚宴，每参加一次，我就会为新人尴尬一次、遗憾一次。豪华的酒店、丰盛的酒宴、温馨的场面、浪漫的时刻、满座的亲朋，一切都预示着这将是一场值得永久纪念的婚礼，可惜，我至今所参加的婚宴，竟没有见到一场是善始善终的。经常菜还没有上齐，新人还在挨桌敬酒点烟，就已经有人站起身，揣上喜糖，告辞了。等到新人端着酒杯来敬酒时，酒桌上的座位已经空出了好几个。最尴尬的一次，是参加一个同事的婚礼，我坐的那一桌都是新娘的同事，新郎新娘来敬酒时，堆满了菜肴的酒桌边只剩下了我和另外两个同事，新娘的笑容无比尴尬，无比落寞。

不知道为什么，现在的人们越来越急迫，越来越浮躁，越来越焦虑，人们总是迫不及待，总是神色匆忙，似乎一分一秒也等不及了。我不知道是什么在如此急切地催促着人们，但可以肯定的是，绝不是时间。

从容一点吧，等等我们的心。

“棺材”里的鼾声

他恨不得往自己的嘴巴里塞个臭袜子，以阻止那该死的鼾声。

但是，没有用。只要搭上眼皮，不出三十秒，他就能睡着。一天的活做下来，他太累了。而只要一睡着，同样不出三十秒，他就会打起如雷的鼾声。

在乡下的家里，这不算什么，老婆还活着的时候，听不到他的鼾声，她还睡不踏实呢。可是，现在是在城里，在租来的房子里。为了儿子，他租了这间房子，房租差不多是他半个月的工钱。儿子争气，考上了城里的重点高中，今年高三了。以前，每天早晨，他和儿子各自骑自行车进城，儿子去上学，他去打工，晚上，再各自骑着自行车回到乡下的家，单程需要一个多小时。还有几个月就要高考了，到了最后冲刺的时刻，儿子提出能不能在学校附近租个房子，这样，他可以将每天路上的时间省下来，用于复习。他答应了儿子。

本来是让儿子一个人住的，但儿子心疼他，坚决要求他也一起住在租房里，顺便给自己准备早饭。房间里有一张床，他让儿子睡，自己挨着墙脚打了个地铺。为了不打扰儿子，他用硬纸板做了个隔断，这样，儿子就可以在里面安静地看书了。每天晚上，儿子都要学到半夜十二点多，第二天早晨六点不到就起床，只能睡四五个小时。几天下来，他发现，儿子的黑眼圈更重了，总是哈欠不断。他心疼地提醒儿子不要太拼命，晚上早点睡。儿子嗫嚅了半天，轻轻地说出了原因：你晚上鼾声跟雷一样，我睡不着，好不容易睡着了，又经常被你的鼾声惊醒。

他难过极了。在这么关键的时刻，可不能让自己的鼾声，影响了儿子的休息。

可是，怎么办呢？只要一躺下，他就会睡着；只要一睡着，他就会打呼。看来，必须等儿子先睡着，自己再睡。每天晚上，总是等儿子熄了灯，上了床，估摸着儿子该睡着了，他才敢躺下来，合上眼皮。有时坐着坐着，他会打起盹，然后被自己的鼾声惊醒，这时候他就会生气地拍自己的脸，或者拧拧大腿。这样坚持了几天，他看见儿子的黑眼圈还是很重，再三追问下，儿子道出了实情，半夜还是会被他的鼾声惊醒。

他跟儿子说："我还是每天骑车回乡下去，一早来帮你做早饭吧。"儿子坚决不同意，说："那样你太辛苦了，我慢慢就能适应了。"儿子越懂事，他越自责。思来想去，唯一的办法就是打个隔断隔音，这样，自己的鼾声就不会打扰儿子了。

他向工友请教，得知最省钱省事的办法，就是将泡沫板贴在硬纸板做的隔断上，这样可以起到一定的隔音效果。泡沫板很便宜，他花了几十元，买了十张隔音板，用胶水糊在了隔断的硬纸板上。儿子笑着说，好了一点。但是，他发现儿子的黑眼圈一点没少。夜里躺在地铺上，他能清晰地听见儿子翻身的声音，他意识到，还是不隔音。他努力撑着拼命想合上的眼皮。

那天，在工地食堂的电视上，看到一支送葬的队伍，他忽然有了主意。他向老板讨了几块装材料的旧木板，回到租房后，靠着墙角，乒乒乓乓地钉了起来，架起了一个棺材一样的盒子，将剩下来的泡沫板糊上，又在上面铺了几床旧棉絮。然后，他躬着腰，吃力地从留下的一个小洞里钻了进去，里面黑黝黝的，安静极了。他在里面打了个地铺。

儿子下晚自习回来了。他从里面探出头，对儿子说：“你进去，我打几声呼噜，试试还能不能听见？”他的喉咙里发出很响的声音。儿子说：“听不见了。”看着他从里面探出来的脑袋，儿子带着哭腔说：“你这是干什么啊？”

他憨憨地笑着说：“这下好了。儿子，你能睡踏实了，我也敢睡觉了。”

那天晚上，他躺在自己做的黑漆漆的“棺材”里，放心地合上了眼皮。他做了一个梦。

父母需要“被需要”

远在德国的女儿，忽然接到了父母的一封电子邮件，信中交代她，如果这几天打电话回家，家里没人接电话，就表示可能出大事了，快请人来家里看看吧。家门的钥匙就放在门底下。

邮件是前一天发出的。女儿看到这封信时，时间已过去了整整一天。父母的信很怪异。女儿立即拿起电话，拨打国际长途回家。电话“嘟嘟”地响了半天，没人接。女儿的心揪了起来，赶紧又拨打了父母一个老同事的电话。老同事匆忙赶到家中，敲门，无人应答。弯腰在门底下一摸，还真摸到了一把钥匙。门打开了，家里寂静无声。紧接着的一幕，让这位老同事惊恐万分：只见老夫妻两口子，分别悬挂在两个卧室的门框上，早已气绝身亡。

人们怎么也不相信，这对老夫妻就这么走了。老夫妻都是高级知识分子，唯一的女儿远嫁国外。他们的生活令人羡慕。就在昨天，有人还听见他家里传出的钢琴声，反反复复弹的是一个曲子，老电影《城南旧事》里的主题曲《送别》。那封给女儿的怪异的电子邮件，也是昨天发出的。这样看来，这对老夫妻是平静地做好了离开的准备。可是，又是什么原因让他们如此决绝地离开这个世界?

熟悉他们的老同事说，这对老夫妻同在一家设计院工作，都是高级工程师，老爷子还会五种外语，在单位颇受敬重。退休后，单位不再需要他了。像很多刚离退休回家的老员工一样，老两口为此失落了很久。

熟悉他们的老邻居说，他们唯一的女儿嫁到了德国。退休后，他们也跟着女儿到德国生活了一段时间。女儿生了一儿一女，老两口平时也没什么事，就帮他们带带孩子。虽然周边没有一个人认识，但两个孩子特别依赖他们，这让他们的生活很充实。可是，小外孙和外孙女渐渐大了，而且在孩子的教育上，老两口与小两口意见总是难以一致。有一次，老爷子想进外孙的房间看看，都被女婿拒绝了。老两口忽然意识到，这里已经不再需要自己了。老两口黯然回国。

曾经热爱的单位，不需要自己了；曾经黏着自己的小外孙和外孙女也不需要自己了。老两口异常失落。但谁也没想到，他们会以这样的方式，与大家做最后的告别。老两口给女儿、单位、亲朋，分别留下了遗书，除了抬头不同外，内容基本一致，大意是他们觉得活着已没有意义，因此他们选择了离开。

这是一个真实的故事，就发生在我生活的杭州。从媒体上看到这条新闻时，很多人的心被揪痛，人们无不扼腕叹息。有人发出感叹：有时候，被需要也是一种活着的动力啊。

我赞同这个观点。

我有个朋友，他们兄妹三人的孩子，都是老母亲一手带大的，那时候，哪个小家庭忙不过来了，都会搬母亲这个救兵。退休在家的老母亲，几乎没一天闲着，带大了大女儿家的外孙，又赶到小女儿家照顾小女儿的月子；刚刚将大外孙拉扯大，又要每天接送孙子上学放学……那些日子里，老母亲就像个陀螺一样，在三个小家庭之间奔波忙碌。后来，小孩子都慢慢长大了，三个小家庭的生活也步入了正轨，老母亲再也不需要为三个小家庭操劳了，清闲下来的老太太却骤然老了许多。兄妹几个约定，今后，大家轮流接老母亲到家里住，但不准再让老母亲做家务活，让老人家好好享享福。没想到，对于孩子们的孝心，老太太一点不领情，哪家也不去，坚持自己一个人过日子，很倔强。朋友几番试探才弄清楚，原来老太太认为自己老了，没用了，不愿意给子女们添麻烦。三兄妹一商量，还得用老办法，搬“救兵”。儿子打电话回家说，我要出差了，家里没人照应，您得来帮我几天。老太太二话没说，去了。大外孙打电话给老太太，撒娇说，妈妈做的菜一点不好吃，好想吃您做的红烧狮子头。老太太放下电话，就直奔大女儿家去了。小女儿打电话到姐姐家，找到老太太诉苦：孩子快中考了，自己马上又要参加职称考试，忙得喘不过气。老太太跟大女儿一商量，还是先去小女儿家救急……

老太太又像以前一样，穿梭在三个子女家，活力似乎又回到了老太太的身上。其实，那些“理由”都是兄妹几个人“编”出来的，事实上，他们并不需要老太太再为他们做什么了，但他们要让老太太感到，他们还像以前一样依赖她，需要她，离不开她。而这，也正是老太太所需要的。

被依赖，被需要，是天下的老父亲老母亲最大的支柱和安慰啊。

进城过暑假的少年

低头走进堂兄租住的矮小的屋子，就听见一个少年的声音："三九二毛七，五七三毛五，一三得三元……"以为他在算账呢，一看，不是，小家伙趴在一张包装板搭成的桌子上，正在咬着笔尖，拧着眉头，做作业呢。好奇地拿起他手头的课本，是数学。我笑着问他："怎么做作业搞得跟算账一样？"小家伙看看我，不好意思地咧咧嘴："这样好算，而且不太会算错。"旁边的堂嫂解释说，孩子放暑假了，想爸爸妈妈了，所以前不久特地回乡，将孩子接了过来。平时孩子没啥事，一个人放在出租屋里又不放心，于是就跟着她在菜市场帮忙卖卖菜，堂嫂不识字，算账慢，小家伙来了之后，代她算算账，收收钱，又快又准，还真帮了不少忙。

正说着话，堂兄回来了。他在一家建筑工地做钢筋工，每天要在烈日下扎几十米钢筋，脸晒得跟钢筋一样黑。堂兄告诉我，他们夫妻俩快两年没见着孩子了，孩子平时跟着爷爷奶奶留守在村里，村里的孩子基本上都是这样长大的。堂兄叹口气，其实，接过来也没时间管孩子，自己每天要在工地上干十多个小时，堂嫂每天天不亮就要去批发蔬菜，然后拉到农贸市场去卖，哪有时间管孩子啊。孩子来了十多天了，答应带他去附近的儿童公园玩，可是一直没得空。我摸摸少年的头，对他说："过段时间，我抽个空，带你去儿童公园玩吧。"少年憨憨地看着我，高兴地点点头。

接着我出了一趟差，十多天后才回来，想起答应少年的事。那天，我一大早赶往堂兄家，准备带少年去玩。

在路口，意外地碰见了少年。他的手里拎着一个篮子，篮子里整齐地摆放着二十几瓶鲜牛奶。我对少年说，来带你去公园玩呢。少年咧嘴笑了，黑黑的小脸上，牙齿显得很白。他说："我先将这些牛奶送给人家。"送牛奶？我想了想，干脆陪他一起送，送完我们就直接去公园。

我想帮他拎篮子，少年坚决不肯，说："我拎得动呢。"少年一只手拎着篮子，另一只手臂弯曲，拧出一小块疙瘩来："瞧，我的肌肉结实着呢。"我笑了，轻轻擂了他一拳头，问他："怎么送起牛奶了，是你妈妈接的活吗？"少年摇摇头，告诉我，小区边上有家代销店，顺便帮人订报纸送牛奶，这几天帮工回乡去了，店老板一个人送不过来，正好看见他没什么事，就和他父母商量，让他帮忙送几天牛奶，都是附近几幢居民楼的，送一瓶，给一毛钱辛苦费。少年仰着头对我说："每天送二十五瓶，能赚二块五毛钱呢。"样子很得意。

已经送了好几天，看样子，少年对路途很熟悉了。来到楼梯洞口，少年拿起一瓶或几瓶牛奶，蹭蹭地上楼，不见人影，只听见噔噔噔噔的跑步声。不一会儿，少年就手里拿着空牛奶瓶跑了出来，细细的汗珠爬满脸颊。将空瓶子放好，拎起篮子，少年又走向另一幢楼。一只手在脸上捋一把，往身后一甩，撒下一串汗珠。

半个多小时后，少年送出了二十三瓶牛奶。最后，来到一幢高层居民楼下。我帮忙摁了下电梯。没想到，少年却拿起一瓶牛奶，径直向楼梯跑去。我问他是几楼，他扔下一句："十三楼。"声音已到了二楼。那么高，怎么不坐电梯？我纳闷着。电梯门打开了，又关上了。过了一会儿，听见楼梯洞里传来了一阵脚步声，少年大汗淋漓地出现在我的面前。我问他："怎么不坐电梯？"他笑笑，说："不敢坐，怕它夹住我。"我说："电梯门都有感应器，一般不会夹住人的。"他看看我，忽然低下头，嘟囔了一句："我身上汗味重。"看着少年汗湿的后背，忽然明白他为什么不坐电梯了，也许他曾经坐过电梯，也许被人嘲笑过身上的汗馊味，也许……

少年弯腰从篮子里拿起最后那瓶牛奶，递给我，说："你喝吧。"我诧异地看着他："这瓶不要送吗？"少年点点头，指指高楼，说："这是十八楼那家的，他家大人说，他家的孩子前几天去夏令营了，要十几天后才回来，这瓶订的奶没人喝了。那天，我又送牛奶去，他家大人对我说，这几天的牛奶就送给我喝了，等到他家孩子回来后，再送。"原来是这样。少年说："我问过代销店的老板了，一瓶牛奶两元钱。我想好了，到时我用送牛奶赚的钱退给人家，我不能白喝人家的牛奶。"

我赞许地摸摸少年的头。

我带着少年，将儿童公园里的项目几乎都玩了个遍。送少年回家的路上，少年忽然冒出一句："城里的公园真好玩啊，长大了，我也要来城里。"

我看看他，点点头。

我相信他会的。

孩子，我们需要你

朋友十五岁的儿子，又一次离家出走。上一次是半年前，因为儿子在外面偷上网吧，被朋友骂了几句，出走了。以为这一次又是因为孩子犯了什么错，挨了打骂，没想到朋友直摇头，这回真的是什么事情也没有，孩子离家之前，也没有任何迹象。我们一帮朋友赶紧分头寻找，最后在孩子的一个同学家找到了他。问及他这次为什么要离家出走，孩子的回答很平静："反正他们也不需要我，我待在家里，又有什么意思呢？"

不是因为缺少爱，也不是因为受到了不应有的责骂，而仅仅是因为感觉到不被需要，便觉得无所适从，与家人格格不入，生活失去了意义，从而选择了极端的行为。这倒是朋友和我们大家都没有想到的。不过，细想一想，孩子的想法似乎也不是没有道理。我们做家长的往往更关注孩子的衣食住行，在生活上给予他无微不至的关心和呵护，我们在孩子身上总是无私地付出，却常常忽视了孩子内心深处的另一种渴求——被需要。孩子在漫漫的成长道路上，无疑需要我们的关爱和扶持，但同时，虽然孩子是家庭里最重要的成员之一，我们却确实很少让孩子明白，父母对他的需要。而被需要既是一种认同和肯定，更是自身价值的体现。这一点对培养孩子的责任意识、家庭观念至关重要。

我的一位同事就做得很成功。他的女儿今年读高中了，在大家眼中，她不但是一个聪明上进的女孩，更是一个善良、懂事、体贴人的孩子。这得益于同事从小对她的培养。

同事告诉我们，女儿还很小的时候，夫妻俩带她去超市购物，每次都会采购一大堆东西。以前都是夫妻俩各自大包小包地提着拎着拽着，样子很狼狈。有一次，买的东西实在太多了，夫妻俩分身无术，很吃力地提着，一边的女儿忽然对他们说："能让我也拿一样东西吗？"同事诧异地看着娇小的女儿，又惊又喜。想了想，同事将手中最轻的一个袋子递给了女儿。女儿提着袋子，蹦蹦跳跳地跑在最前面。同事猛然意识到，让孩子量力而行地帮帮自己，虽然减轻的负担可能很轻微，但却让孩子懂得了分担，并从付出中获得快乐，这岂非一举两得的好事？此后，只要带女儿出去买东西，无论物品多少，他都会拿出其中的一两样递给女儿，并告诉她："爸爸一个人拿不了，你帮爸爸一把，好吗？"女儿总是很乐意。

在同事家，同事负责做饭，他的妻子分工洗碗。女儿年纪稍大一点后，他对女儿说："每个月都会有那么几天，妈妈的身体不太舒服，不宜下冷水。你能帮帮妈妈，替她洗洗碗吗？"女儿眯着眼睛，瞅着妈妈，她没想到，看起来那么坚强能干的妈妈，也有脆弱的时候，女儿坚定地点点头。同事说，从那以后，妻子来例假的那几天，都是女儿负责洗碗。虽然刚开始，女儿洗过的碗，他不得不再偷偷地重新洗一遍。有时候家里来了客人，用过的餐具特别多，女儿还会主动到厨房里，帮妈妈洗刷收拾。同事自豪地说："我们从没有用奖励或命令的方式，要求女儿做家务，我们只是告诉她，爸爸妈妈有时候也很需要她的帮助。”

被爸爸妈妈需要，能帮上大人一点忙，这显然让同事的女儿很开心。同事说，以前在家里，女儿需要什么，哪怕是口渴了，想喝点水，不是大声地喊爸爸，就是撒娇地使唤妈妈。像所有的父母一样，对孩子的需求，他们总是有求必应。但与很多父母不一样的是，他们也经常找一些小事，让女儿去帮他们做。他在做饭的时候，忽然发现盐没了，就会让女儿帮忙，去小区的便利店买一包。偶尔他或者妻子生病了，他们会故意让女儿给他们拿拿药，或递一条热毛巾，帮爸爸或妈妈擦擦汗，或倒杯热开水，或讲几句安慰的话语什么的。父母适度的脆弱，使女儿觉得自己在这个家里，对自己的父母亲人来说非常重要。这种被需要的感觉，像一颗种子一样，在女儿的心中生根发芽。对父母的请求，女儿从未抵触，相反，她总是竭尽所能地去做，因为她发现，就像她依赖和需要父母一样，父母同样需要她。这让她满足而快乐。

我欣赏这位同事的做法。对孩子，我们习惯了付出，也习惯了说教，却很少尝试用一种平等有效的方式，与孩子进行心的交流。孩子对大多数的家长来说都是心肝宝贝，是一个家庭的全部希望，而与之极其不对等的是，我们的孩子很少意识到这一点，他们可能知道自己对父母具有重要性，却从未体会到父母对他们的需要，需要他们的帮助，需要他们的照顾，需要他们的理解，需要他们的爱。

我身边的很多人，常挂在嘴边的一句话是：“我们现在还能自食其力，不需要孩子为我们做什么。”这是多么错误的想法啊。别以为只有老了，躺在病床上了，无能为力了，你才需要孩子。如果你从未需要过孩子，那么，真到你衰老的那一天，孩子可能依然不懂得被需要。所以，无论你的孩子今天多大了，都请大声地告诉他（她）：孩子，我们时刻需要你，需要你健康成长，需要你懂事明理，需要你成为有用之人，也需要你的问候，需要你的帮助，需要你的爱！

你不能头发蓬乱地走出我的店

刮了几阵风之后，雨说下就下了。

他悠闲地坐在椅子上，看着门外。开店十几年来，这个时间段，本来就没什么生意，他已经习惯了一天中这段闲散的时光。忽然，一个人影匆匆忙忙地走到店檐下，显然是躲雨的。他的理发店坐落在新区，周边几乎都是厂区，除了一条条长长的围墙外，沿街还真没什么可以躲雨的地方。

雨在风势下斜扫，不长的屋檐根本遮挡不住风雨。躲雨的人往店里瞄了几眼，终于没有推门进来。他站起来，走过去，拉开门，对那个人说："别站在外面了，衣服都淋湿了，进来坐会儿吧。"躲雨的是个年轻人，看看他，犹疑地说："那会影响你的生意吧？"带着一口的外地口音。他笑了，说："这时候没啥生意，再说，也没什么影响。"年轻人抖抖身上的雨水，跨了进来。

他指指身边的凳子，示意年轻人坐下。年轻人说了声谢谢，坐了下来，一边摘下眼镜，用衣角擦拭干净后，又戴了起来。他拿了一条毛巾，递给年轻人说："擦擦脸吧，小心受凉了。"年轻人感激地笑笑，接过毛巾，将脸擦干净，又擦了擦湿漉漉的头发。他注意到，年轻人的头发长而蓬乱，一看就是有段时间没有理发了，显得有点憔悴而落魄。他将毛巾重新挂好，问年轻人："看样子是来找工作的吧？"年轻人点点头，扶扶鼻梁上的眼镜，告诉他，去年就毕业了，一直没找到固定的工作，只是在老家打了几份零工。听说这边工厂多，就过来试试看。已经来了两个多月了，除了帮人干了几次零活外，还没有找到单位，身上带的钱也花得差不多了，再找不着工作，就只能先回老家了。他陪着叹口气，现在的工作确实不好找，他安慰年轻人："别急，总有希望的。"年轻人若有所思地点点头。

他又和年轻人闲聊了几句。外面的雨，一直在下。

他上下打量了一下年轻人，忽然站起来，拿起架子上的理发布，对年轻人说："坐着也是坐着，不如我帮你理个发吧？"年轻人一听，神色慌张地直摇头，说："我只是进来躲躲雨的，不理发。如果我影响你生意的话，我可以站在外面屋檐下躲一会儿。"年轻人说着，就要站起来。他一把按住年轻人，说："没关系，我不会强迫你理发的。反正我现在也是闲着，没有生意，帮你把头发简单地剪一剪，你会看起来精神一些，也许对你找工作有利。"年轻人脸红红地憋出一句话："我也知道我的头发太凌乱了，可是，不瞒您说，我的身上只剩下几十元钱了，我真的没钱理发。"他笑了，说："小伙子，你误会了，我不收你的钱。也不瞒你说，我学理发时间不长，这个店也刚开不久，你就当给我练习一下，如果剪得不合你口味，你还要多包涵。"他善意地撒了一个谎。年轻人抬头看看他，摘下眼镜，狐疑地点点头。

他将理发布罩在年轻人身上，拿起推子，开始帮年轻人剪头发。小伙子的头发长而乱，似乎很久没有认真梳理过了。他轻轻地先将小伙子的头发梳顺，看着镜子里小伙子的眼睛说："我建议你将头发剪短一些，这样显得干练。”小伙子点点头。在嗡嗡的推剪声中，小伙子长长的头发纷纷落下。

他一边修剪，一边继续和小伙子闲聊，不一会儿，就将小伙子的头发剪好了。他又帮小伙子将头发洗了一下，然后，用电吹风吹干，成型。小伙子戴上眼镜，看见镜子里的自己，显得年轻、干练，多了很多精气神。小伙子笑着说：“师傅，你的手艺蛮不错的，不像是刚学出来的啊。”他笑笑。小伙子手伸进外衣口袋，掏了半天，掏出一张五元钞票，递给他，嗫嚅地说：“不好意思，我只能付给你这么多，你别嫌弃。”他推开了他的手，板着脸说：“我说过权当练习，怎么能收你的钱呢？”小伙子腼腆地收起了钱。

外面雨仍然在下，两个人继续闲聊。言谈之中，他看出，小伙子对他免费为自己理发这事，还是放不下。于是，他向小伙子讲了一个故事。小街上有家剃头老店，有一次，一个头发蓬乱面容肮脏的小男孩走进店里讨水喝。老师傅给他倒了一杯水，还给了他几块饼干。又饿又渴的小男孩吃得很香甜。吃完了饼干，喝好了水，小男孩准备离开。老师傅却一把将他拽住，要给他剃头。小男孩说：“我没钱。”老师傅说：“我知道你没钱，可是，你既然走进我这个剃头铺了，你就不能蓬头垢面地走出去。”老师傅给小男孩剃了个好看的小平头。小男孩看着镜子里的自己，忽然扑腾一声跪在了老师傅的面前，恳求他收自己为徒。就这样，小男孩学成了一门手艺，再也不四处流浪以乞讨为生了。

他没有讲那个小男孩是谁，小伙子也没有问。

一会儿，雨终于慢慢小了，停了。小伙子向他告辞，并承诺如果找到工作，今后就都到他这里理发，他拍拍小伙子的肩膀。目送小伙子一脸精神地走出他的理发店，他笑着嘟囔了一句：“不管你是谁，你都不能头发蓬乱地走出我的理发店，这是一个理发匠的根本呢。”

右手最清楚左手

课堂上，老师说：“我们来做一个游戏，请大家都闭上眼睛。”

同学们都好奇地闭上了眼睛。

老师问：“闭上眼睛后，我们能做什么？”

同学们议论开了。有人说，我们能够说话；有人说，我们还可以倾听；有人说，我们可以静下心来思考。

老师点点头，说：“你们说得都没错。但现在我请你们和身边的同学拉拉手。”班级里一下子嘈杂起来，这个问：“你的手在哪儿？”另一个说：“你乱摸什么，那不是我的手，你碰到我的鼻子了，我的手在这儿。”乱成一团。大家说，不睁开眼睛，在黑暗中想准确地找到别人的手，太难了。

老师笑笑，说：“那么，我们换个办法，请大家用自己的左手去握自己的右手。”老师的话音刚落地，乒乒乓乓一阵响动，所有的同学都快速而准确地握住了自己的双手。用自己的一只手，去握另一只手，这太容易了，即使是闭着眼睛。

“那我们增加点难度，”老师说，“请大家伸开双臂，张开手掌，然后，用左手去和右手交叉相握，看看你们能不能做到？”在一阵稀里哗啦声中，大家的双手在空中划过一道优美的弧线，准确地交叉在了一起。真是太神奇了，谁也没有这样试过，没想到闭着眼睛，也能将自己的左右手准确地交叉在一起。

老师的游戏让大家着了迷，大家都屏住呼吸，等待着老师的下一个指示。老师顿了顿，对大家说：“现在我们再提高点难度，请大家像刚才一样伸开双臂，然后，用自己左手的大拇指尖，去触碰自己右手的大拇指尖。看看你们能不能准确地将两个大拇指尖顶在一起。”

这个太难了吧？在乱纷纷的议论声中，大家紧闭着双眼，试着用左手的大拇指尖，去顶右手的大拇指尖。两个大拇指尖像两座山峰，在空中慢慢地聚会，竟然准确地顶在了一起。几乎所有的同学都做到了这一点。老师又让大家试着用食指去顶食指，中指去顶中指，小拇指去顶小拇指。大家兴奋地一次次尝试，在半空中，在头顶上，在身体的侧面，任何一个位置，左手的指尖，就像长了眼睛一样，都能准确地找到右手的指尖，并在空中完美地交汇。

真是太神奇、太美妙了。

老师让大家都睁开眼睛，还有同学在一次次地比划。老师说：“为什么即使闭上眼睛，我们也能准确地将两只手以及指尖交叉、相握、触碰？道理很简单，我们的双手是我们身体当中最默契的一对，左手最清楚右手，右手也最清楚左手，它们的完美组合，才使我们能够自如地做我们想做的任何一件事。现在，我想问大家一个问题：除了我们的左右手之外，在我们的生活中，有没有什么人，像我们的左右手一样？”

教室炸开了锅。一个同学说：“爸爸是左手，妈妈是右手。”老师赞许地点点头。另一个同学说："语文老师是左手，数学老师是右手。"老师笑着点点头，说："对，其他的老师也是我们的左右手。"一个男同学指指左边的同桌说："他是我最好的朋友，就像是我的左手。"又指指前面的一个女同学说："她在学习上给了我很多帮助，犹如我的右手。"教室里响起热烈的掌声，同学们都转身面对身边的同学，指指这个同学说："你是我的左手。"指指那个同学说："你是我的右手。"

老师微笑地看着大家，过了一会儿，老师走下讲台，对大家说："我有一个建议，请大家都站起来，伸出各自的双手，去拉住你们身边的同学的手。"说完，老师先伸出双手，一手拉住了一个同学，两个同学也激动地将各自的另一只手，伸向了身边的同学，很快，每位同学的手，都紧紧地拉在了一起。大家互相拉着手，欢呼着。

老师瞥了一眼最后一排最左边的座位，两个男孩的手也拉在了一起。今天上午，他们刚刚为一件小事打了一架。

老师笑着将手举向空中，所有的手都跟着举向空中，教室里，是手的海洋。

被老师没收的书

朋友是一所初中的班主任老师，每天和孩子们在一起，她很快乐。也有让她烦心的事情，那就是总有孩子在课堂上不听老师的讲课，而是偷偷地看课外书。通常的做法是没收，等到学期结束时再还给孩子。

这并未能阻止那些喜欢在课堂上看课外书的孩子。每年学期结束时，她的办公桌上总是堆满了各种各样的课外书，有的是她没收来的，有的是其他老师没收后交给她处理的。她是语文老师，她常常鼓励孩子们多看课外书，因为这不仅对孩子的语文学习有极大的帮助，还可以使孩子们拓展视野。让她担心的是，这些课外书的内容太繁杂了，其中一些是孩子不宜读的口袋书，对辨别能力还不强的初中生来说，害远大于益。

说教苍白无力，根本说服不了这些孩子，没收了一本，不久，又会出现另一本。有的孩子为了看课外书，甚至将早餐费节省下来，拿到学校旁边的小书摊买书。一次，一名女生来办公室交作业，看到了她办公桌上那堆没收来的书中一本新的《读者》杂志。交了作业本，女生还站在一边不肯走。她问女生还有什么事。女生嗫嚅了半天，终于鼓起勇气，指着那堆书对她说，想借那本《读者》回家看。这名女生是语文课代表，作文写得特别好，家庭经济条件比较困难。还是第一次有学生向她借没收来的书，她犹疑着要不要答应。女生憋红着脸说，《读者》杂志要几元钱一本，她没钱买，以前都是向同学借来看的，这次同学在数学课上偷看时，被老师发现后没收了，她也因此看不到了，所以，才想跟老师借回家看。女生鼓足勇气说，只要看一个晚上就还，也保证不影响做作业。

她答应了女生的要求。看着女生的背影，她忽然有了一个念头。

第二天一早，走进教室的孩子们惊讶地发现，老师的讲台上堆着一大摞书。好奇的孩子们跑上去一看，竟然都是以前各自被老师没收的书。教室里一下子炸开了锅，孩子们唧唧喳喳地议论着老师为什么将这些没收的书突然都搬到教室里来。被没收最多书的孩子沮丧地对大家说："完了，老师一定是要集中开批斗会了。"听了这话，被没收过书的孩子都一脸惶恐。

她走进了教室。拍拍讲台上的书，她说："这些都是同学们在课堂上被老师没收的书。"环顾一周，她接着说，"我想听听同学们的意见，怎么处理这些书？"

教室里安静极了，以前不都是学期结束时，再还给大家的吗？大家都不明白她的葫芦里到底卖的是什么药。沉寂了片刻，有人低声说："干脆一把火烧了。"她笑着摇摇头："这里面有不少书，还是很健康，很有益的，烧了太可惜。"见同学们没人再发言，她提了个建议："我想将这些被没收的书，在教室的一角，建一个微型的图书区。感兴趣的同学，可以将这些书借回家阅读。"寂静的教室再次炸了锅："真的吗？不管什么书都可以借回家看吗？"她点点头，说："不过，这里面有一些书，我认为是不适合你们阅读的，但如果你愿意，只要到我这里登记一下，也可以借回家去看。"她清清嗓门，“我还要补充一点，这些书我都没有注明是谁的。今后再有人在课堂上不听课，偷看课外书，被老师没收之后，我会在封面上写下你的名字，然后摆在这里。”教室里响起热烈的掌声。

就这样，她用这些被没收的书，在教室一角建起了一个图书室。她惴惴不安地度过了第一天，她担心如果真有孩子向她借那些不宜阅读的书，她该怎么办。所幸一天结束了，放学时书被借出了好几本，但没有一本是那些内容不堪的书刊。

偶尔仍有孩子在课堂上偷看课外书，被老师没收，但数量锐减。让她欣慰的是，好几本在她看来是健康有益的书刊被反复借阅，孩子们在还书时，还会把破损的地方粘贴好。

那些曾经被老师没收的书，在教室的一角构成了班级一景。

每天捡 1000 个球

星期天，送儿子去少年宫学英语。离家远，我就在附近转转，等儿子放学了，再一起回家。

偌大的少年宫办了很多培训班，没事，我就四处闲转转。听到从三楼的一个教室传来乒乒乓乓的声音，似是有人在打乒乓球，遂上去看看。

门虚掩着。推门进去，果然看见一个穿着运动服的中年男子，样子看起来像个教练，在和一个戴着眼镜的小姑娘打球。中年男子的身后放着一个盛球的盆子，里面堆满了乒乓球。男子熟练地拿起一只球，正手发球，对面的小姑娘紧张地接球，男子再反打回来。慌乱的小姑娘没接住，球飞到了半空，蹦跳了几下后，停在了墙脚。看得出，小姑娘的球技很差，根本不是中年男子的对手。中年男子紧接着又从身后的盆子里拿起一只球，快速发了过来。小姑娘忙着接球。

这时，一个有点臃肿的身影从一侧颠颠地跑了出来，绕到小姑娘的身后，弯腰将落在墙角的乒乓球捡了起来，返身放进了另一个盆子里，盆子里已经放进了几十只球。刚进来的时候，还真没注意到她——一个有点发胖的妇女。等我将目光从妇女的身上移到球台上的时候，小姑娘又一次没接到男子发过来的球，球在空中画了一道曲线后，蹦到了门边。妇女喘口气，又赶紧跑到门边，去捉还在地上蹦跳的乒乓球。球很不听话，继续弹跳着，妇女双手并用，这才像笨脚的猫捉老鼠一样，总算将球扑住了。

中年男子继续和小姑娘打球，都是男子发球，小姑娘接。说实话，小姑娘的球打得真是太糟糕了。小姑娘十一二岁的样子，以她这个年龄，这么差的水平，根本就没有任何可塑性了，为什么还要进行这样的训练呢？我有点纳闷。反正也没什么事，继续看下去。

球总是打不过一二手，就打飞了，小姑娘根本接不住球。奇怪的是，每次男子发球的时候，却总是又快又狠，球速很快，好像成心不让小姑娘接住似的。眼镜片后，小姑娘的眼睛紧盯着男子发出的球，滴溜溜地跟着在空中旋转，然后手忙脚乱地去接。可怜的小姑娘累得满头大汗，同样满头大汗的，还有在一边忙着捡球的妇女，也真是太为难她了，胖胖的身躯一次次吃力地弯下，一次次地跟着还在蹦跳的球扑捉。

很快，男子身后的盆子里的球都打光了。男子示意小姑娘休息一下，小姑娘一脸汗水，跑去上厕所了。我问站在墙边的妇女："是你女儿？"妇女点点头。我忍不住好奇，又问她："女儿喜欢打乒乓球？"妇女笑着摇摇头。不喜欢，又打得不怎么好，为什么还要……？

妇女看出了我的疑惑，叹了口气，说："没办法啊。女儿这两年的视力下降得太快，半年前配的眼镜才150度，这学期一开学，又看不清黑板了，去医院一检查，不得了，左眼280度，右眼310度。医生说了，女儿正是长身体的时候，如果再不注意的话，视力还会急剧下降。听说打乒乓球时眼球会随着乒乓球快速移动，可以锻炼眼球，起到阻止视力进一步下降的作用，所以，我就给女儿报了这个乒乓球培训课，每天来练一个小时。”妇女指着门外的男子说，“教练规定了，每次15盆球，每盆70个球，5盆练正手，5盆练反手，而后再对攻5盆。为了节省时间，我就每次帮着他们捡球。”

说到这里，妇女自嘲地指指自己的肚子说：“你看我这么胖，平时又没什么锻炼，所以，捡个球都累成这样，真是没用啊。”我惊讶不已，说：“那你每天不是得捡上千只球啊。”妇女点点头说：“差不多吧。倒也没啥，只是希望女儿的视力能好一点。”

正说着话，小姑娘跑回来了，教练也跟了进来，训练继续。黄色的乒乓球在空中飞来飞去，小姑娘的眼睛也随着球飞来飞去，而每次球一落下，妇女就连忙颠颠地跑过去。

我轻轻掩上门，走了出来。走廊的尽头，坐着一群中年或老年男女，我知道，他们都是像我和捡球的妇女一样来陪伴自己的孩子的。这里有我们的希望呢。

教　子

回家。在我前面手拉手走着一对母子，孩子四五岁的样子，虎头虎脑，很可爱。

小区门口的岗亭上，笔直地站着一位保安。小区物业为了改善小区的形象，做到文明服务，要求值勤保安在业主经过时必须敬礼。母子从保安身边走过时，保安“啪”地向他们敬了一个标准的军礼。年轻的妈妈牵着儿子的手，忽然停了下来，弯下腰对儿子说：“叔叔向你敬礼，你是不是应该表示感谢啊。”孩子看看妈妈，又仰头看着保安，也抬起手臂，学着保安的样子，敬了个礼，并用稚嫩的童音对保安说：“谢谢叔叔。”年轻的保安脸竟然红了，连连摆手，说：“小朋友，这是我们应该做的。”妈妈蹲下身，赞许地对孩子说：“小朋友就应该这样讲礼貌。”得到妈妈的表扬，孩子一脸灿烂。

这一幕让我非常感动。很钦佩这位年轻的妈妈，通过这样一些细小的举动，不失时机地给孩子以做人的教育，让孩子从小就懂得尊重别人，礼貌待人。

他们沿着小区的道路朝前走去，我也继续跟在他们后面往家走。孩子一边走，一边还在兴奋地和妈妈讨论这件事。“刚才那个保安叔叔好帅啊。”孩子说。年轻的妈妈点点头。孩子忽然仰起脸，激动地对妈妈说：“长大了我也要当保安。妈妈，你说好吗？”妈妈停下了脚步，瞪着孩子说：“没出息！长大了，你要像爷爷一样当领导，或者像爸爸一样，自己做老板。只有没出息的人，才会去做保安。”似乎还觉得不够，年轻妈妈又重重地加了一句：“儿子，我跟你讲，长大了你要是不好好念书，就只能像刚才那个保安一样，一辈子没出息地替别人站岗，明白吗？”孩子似懂非懂地点点头。

听着这对母子的对话，我惊愕不已。年轻的妈妈又一次拿活生生的例子，教育了一回自己的孩子，可是，这前后两次的教育是多么不同啊。

这让我想起另一次经历。年前的一天，单位组织一帮人去慰问扶贫结对户，一位同事将儿子也带上了。他的儿子上小学三年级，淘气得不得了，在家里像个小皇帝一样。同事想找个家里有同龄孩子的困难户，一方面帮他们一把，另一方面也给自己的儿子好好上一课，让他认识到自己的生活已经多么幸福。慰问了单位结对的困难户后，在村支书的引荐下，我们陪着那位同事来到了一个困难户家庭。这是一个特别困难的家庭，女主人因重病长年卧床不起，两个孩子，一个读初中，一个上小学，全家的重担全落在了男主人一个人的肩上。男主人没读过几年书，什么手艺也没有，连像别人那样进城打打工都不可能，他们的日子过得很艰难。在介绍了情况后，同事拿出了事先准备好的红包，让儿子亲手交给困难户家的男主人。男主人推阻再三，最后，在我们的劝说下，从孩子的手中接过了那个红包。同事的儿子还掏出了自己的几十元零花钱，送给了困难户家上小学的孩子。两个孩子的手紧紧地拉在了一起。

回来的路上，我们对同事的做法都大加赞赏，一致认为这是一堂生动的教育课。同事摸着儿子的头，夸奖他今天的表现非常好。孩子有点害羞地低下了头。没想到，同事又趁热打铁地教育儿子：“看到了吧，回去不好好读书，将来你就会和那个叔叔一个下场。”

一车人错愕不已。

也许我的这位同事，与我在小区所遇到的那位母亲一样，急迫地想教育好自己的孩子。可是，这一课的背后是多么让人悲凉和痛心的现实啊。我不能确定，他们在孩子心灵中到底埋下的是怎样一颗种子。

走路的人，才迷路

几个好朋友相约去拜访一位大师，他们都有太多的迷茫、太多的困惑、太多的无奈，需要大师的点拨帮他们破解。

大师让他们一个个陈述。

甲说："我感到自己真是倒霉透了，做什么事情都不顺。早几年，我将辛辛苦苦积攒了十几年的血汗钱拿去投资办厂，做外销加工。刚开始的时候，效益还不错，可是，没过多久，正好赶上全球金融危机，外贸生意一落千丈，我的订单也跟着泡汤了。厂是办不下去了，我研究了一下市场，某个品牌的化妆品销路很好，于是，我将开厂剩下来的钱全部拿去开了一家专卖店。还别说，化妆品真好卖，生意很火，我盘算着要不了两年，就可以将办厂时亏的钱挣回来了。我没高兴几天，突然发现，来店里的顾客突然变少了。后来我一了解，原来网上开了很多家网店，他们的成本低，投入少，因而，价格也比我专卖店里的商品便宜不少，很多顾客就这样被吸引走了。专卖店开不下去了，我索性也开了家网店。但我的网店比别人的开得迟，也没有竞争优势，就这样，现在半死不活地维持着。"

“我不是不努力的人，也不是怕吃苦的人，为什么我总是一次次遭受失败的打击呢？现在，我都不知道该何去何从了。”甲神情颓丧地看着大师说，“我该怎么办呢？”

乙接过甲的话头说：“我虽然不像甲那样，屡次遭受失败的重创，但我也很迷茫。大学毕业后，我进了一家工厂上班，先从车间工人做起，后来一步步走到技术管理岗位，收入也增加了不少。照说，就这样干下去，也没什么不好，但我不满足于这样简单枯燥的生活，这一点也不能将我在学校学习的东西派上大用场，所以，干了两年，我就重新拿起课本，复习考研。幸运的是，我考取了。读了三年研究生，我以为能找到一个发挥自己特长的研究所之类的单位，实现我儿时当科学家的梦想。没想到，这几年高校扩招，大学生就业很难，研究生也不例外。我联系了很多家单位，都没成功，我索性和几个同学一起，自己创业，开办了一家技术服务公司。但因为我们没有什么社会关系，又不懂得与人拉关系套近乎，所以，拓展业务很艰难，别说公司发展壮大了，现在连基本的运作都快难以为继了。”

乙垂头丧气地说：“都说知识改变命运，为什么我们掌握了更多的知识，人生的路却越走越窄呢？我们不怕遭遇困难，不怕面对挑战，但现实又真的让我们很迷茫。”

丙叹了口气，对大师说：“别人都说我是一个爱折腾的人，我也觉得自己确实不满足于现状，总试图改变自己。我原来在一家机关工作，是人人羡慕的公务员，但我对朝九晚五的单调生活一点也不感兴趣，所以，我主动辞职，下海经商，做了几年生意，也赚了不少钱。有一天，我忽然觉得，难道我来到这个世界，就是为了积累可怜的财富吗？那样的话，人生多么无趣啊。于是，我不顾家人和朋友的反对，毅然将店铺低价盘给了别人，而去拜一个画家为师。不瞒您说，从小我就有艺术天赋，只是后来家人逼迫我考学，我才不得不将绘画的爱好放弃了。当我重新拾起画笔的时候，却发现，画笔变得有千钧之重。我虽然也能模仿一般的画作，但是显然缺少艺术应有的灵气，照这样画下去，我顶多成为一个画匠。我放弃了一切，重新拾起儿时的梦想，难道只是为了成为一个画匠吗？我当然心有不甘，但我又苦于找不到出路。”

丙痛苦而无奈地说：“我这样折腾来折腾去，反而是越来越迷惑，越来越无措。我所做的这一切，到底值不值得？人生到底应该怎样，才算完美呢？”

三个人都将自己面临的困惑叙说完了。大师看着他们，问他们：“你们现在都很迷茫，很困惑？”

三个人点点头说：“是啊，我们现在都很迷茫，很困惑。”

大师又问：“我听出来了，你们都是因为不满足于现状，而一次次挣扎，试图通过自己的努力改变现状，只是似乎一时都还没有找到适合自己的道路，所以才陷入迷茫困惑之中。是这样吗？”

“对啊，好像越努力，境况反而越糟糕。我们今天来，就是想知道，自己的选择是不是正确的，自己的努力到底是不是值得的。希望大师给我们指点。”

大师指指身后的山峰，对他们说：“今天早上，我在山上晨练的时候，遇到一个人问路。他是要爬上山峰看日出的，却在山间迷了路，转来转去，又回到了起点。我告诉了他上山的路。我要告诉你们的是，只有走路的人，才会迷路；一个原地不动的人，永远不会迷茫，也永远不会迷路，当然，结果是永远不可能爬上山顶，看到日出。你们几个就都是走路的人，现在你们看起来有点迷路了，但只要坚持走下去，就一定能找到一条上山的路，一定能够看到辉煌的日出。”

听了大师的话，三个人释然了，内心豁然开朗。是的，只有走路，才可能迷路，而只要坚持走下去，总会找到属于自己的人生道路。

小事要紧

美国电影《死无葬身之地》中有一句台词：“小事要紧，大事不要紧。”听了这句话怦然心动。

小事都是些什么事呢?

对居家过日子来说，灯泡坏了、下水道堵了、遥控器的电池没电了、阳台上晾晒衣服的绳子断了等等，可谓都是小事、琐事。别小看了这些小事，它们足以影响你的生活。灯泡坏了，你不赶紧换一只，就只能在黑暗中摸索；下水道堵了，你不赶紧维修，就只能任污水四溢，臭气熏天；遥控器的电池没电了，你不赶紧换新电池，电视机和空调就可能打不开，启动不了；晾衣绳子断了，你不赶紧重新拉一根绳子，洗的衣服就可能无处晾晒。

一个人的日子过得顺当不顺当、舒坦不舒坦，往往不在于住多大面积的房子，花了多少钱装修，添置了多少家具电器，而在于家里的东西是不是用着顺手，看着顺眼，想着顺心。我见过住着装修高档的豪宅、各种设备一应俱全的人，却过着邋遢不如意的生活，其中的一个原因，恐怕就是灯泡坏了却没人更换，或者懒得动手，于是，今天坏一只，明天又坏一只，曾经金碧辉煌的家渐渐黯淡下来，光华不再。我也见过住在逼仄房屋里的人将简陋的房子收拾得整洁、温馨、便利，每一个细节都透露出主人的心思和对生活的热爱，日子过得有滋有味。

再来说孩子的教育。孩子的前途、孩子的未来，对孩子来说是关乎一生的大事。但我告诉你，这些大事都不要紧，不必紧张，都可以慢慢来，倒恰恰是一些小事情，不能糊涂，不能马虎，更不能放任。如果你的孩子放学回家后，你发现他的书包里多了一个他一直想要的可爱的小玩具，我觉得你就有必要问问他，是自己买的，向同学借的，还是从别的什么途径弄来的？如果玩具来历不明，这个小事就很要紧，必须正视。孩子的品质，就是在这样的一件件小事中逐步养成的。如果你的孩子某次拿回来的成绩单不是很理想，学习成绩突然下滑，固然让人心急，但天没有塌下来，也许他只是发挥不好。但如果孩子平时看书做作业时，一会儿坐下来写字，一会儿又跑开看电视，一会儿捣鼓玩具，一会儿去打电话，总之一刻不得消停，我觉得这个小事就很要紧。这说明孩子没有养成良好的学习习惯，而良好的习惯、自觉学习的能力远比一次考试成绩重要，这将影响到他的一生。

小到一个人、一个家庭，大到一座城市、一个社会，小事往往都比大事要紧。我所在的城市每年都会制定一个宏伟的目标，GDP要达到多少，税收要突破多少，重大项目要开工建设多少，等等。这些无疑都是大事，但这些大事与某个小区污水横溢，与农贸市场卖的蔬菜的农药残留量严重超标，与化工厂向贯穿城区的河流偷排偷放，与诸如此类的小事相比，哪一个更要紧？在我看来，这些民生小事一定比建设大事更紧迫，更急切，更要紧。道理很简单，如果百姓的健康和日常生活都无法保障的话，GDP再高又有什么用呢？

大事不要紧，不是说大事不重要，而是说很多大事可能远没有小事来得急迫。迫在眉睫的每一件小事都做好了，才有精力、有能力、有时间、有心情去从容不迫地做大事，完成大目标。可惜很多人眼中只有大事，只有蓝图，只有明天，而对于芝麻粒大的小事不屑一顾，懒得动手。“千里之堤，溃于蚁穴”，我告诉你，那个小穴就是要紧的事，是比天还大的事。

出差带本书

要出差了，妻子在忙着为我收拾行李。洗漱用品、换洗衣服、手机充电器、照相机、名片盒等等，行李箱很快就塞得差不多了。妻子问我：“笔记本电脑要带吗？”我想了想，摇摇头。妻子犹疑了一下，又问：“那还像以往一样，带本书吗？”我点点头说：“书我会自己找一本带上的。”

一直以来，都有一个习惯：出差或因其他原因出远门的时候，都习惯性地带上一本书，路途之中，闲暇之时，随手翻一翻，看上几页。太深奥的书，路上看着吃力，不带；太厚实的书，翻起来费劲，也不带；只带厚薄适宜、内容比较轻松愉悦的书。车站等车时，码头候船时，机场待机时，以及路途上的闲散时光，从行李箱的侧袋里拿出来，随便翻翻。看一段，算一段；读一页，算一页。既没要求，也没负担，看到哪儿算哪儿，何其轻松惬意。车船来了，随手将书合上，插回边袋里，或者干脆揣进衣兜里，等待下一个余暇，方便拿出来继续读。甚至不用将书页折上，重读一遍，亦或跳跃着读，皆无妨。

以前，常在路途之中，遇到同样也带本书的人，特别是在火车上。火车永远人满为患，能有个座位可坐，福莫大焉。这时候，手中再有本喜欢的书，随便翻上几页，车厢里的嘈杂、喧闹以及混杂的汗腥脚臭味，仿佛都离自己远去了。眼睛看累了，看看车窗外的风景，或者与身边的旅人闲聊几句，寂寞的路途时间就会像火车一样过得飞快。有时候，抬眼看到对面的人正在翻看的书，恰是自己看过的、喜欢的，不免顿生好感，将他多看几眼，越看越觉得顺眼，于是，可以与之从这本书谈开去，有了很多话题，或许还能交上一个难得的朋友，也未可知。倘若看到的是一本自己心仪已久，却一直没能得到的书，又不好打扰，只好待其上厕所，或者站起来去活动筋骨的时候，赶紧将他放在座位上的书拿起来，翻看几页，感觉就像看到久违的朋友一样亲切。

如果坐的是卧铺，有一本书的旅程就更加显得轻松愉快了。躺在铺位上，将枕头和被褥都靠在背后，半倚半躺，把心放下，在列车隆隆的节奏中，慢慢地一行行阅读。看得累了，把书往枕边一放，倒头小憩片刻，甚或沉入梦乡，亦无不可。感觉就像在自家的床头一样，旅途的劳顿也立减三分。

不光是旅途之中，住进宾馆，那么多的闲暇时间怎么打发？有人喜欢看电视，有人喜欢四处逛逛，有人喜欢呼朋唤友喝酒唱歌打牌，我更愿意躺在宾馆的床铺上，安静地翻翻带来的书。这时候，没有孩子的作业烦扰，没有妻子的唠叨，没有邀约聚会的电话，可以随心所欲地翻看自己喜欢的书，是一件多么快乐的事情。人生能够安静独处的时光并不很多，能够静下心来读几页书的机会更是越来越少了，出门在外，给了我们一次难得的机会。

曾经有很多人习惯出门的时候带上一本书，不知道从哪天开始，情形转变了。如今，无论是在车站，还是在奔驰的火车上，都难得看到几个带书看书的人了。有人抱着上网本，走到哪儿，都和网络世界紧密连着；有人捧着时尚的iPad，上网，看电影；更多的人，不是在用手机打着电话，就是埋头用手机发短信、玩游戏、聊QQ、看视频。带本书看看？早落伍了。

我也用手机，我也上网，我也用电脑写作，但是，出差和出远门的时候，我还是喜欢带一本书、一本自己喜欢的书，走到哪儿，都可以随意翻上几页。出门的时候，是我带着书；回来的时候，书的一部分，可能已经融入到我的生命中。还有比这更快乐的事吗？

半途而悔

单位组织旅游，景区里有一座山。导游说，山顶有一个绝佳的观景台，可以纵览景区全貌，但山路有点陡峭，会比较辛苦，愿意爬的人，就和他一起登山，不愿意的人，可以在山下的景点随便转转。辗转了几百公里来到这里，就是为了看景的，当然要攀登上去，除了几个年龄大体质弱的老同事外，其他人在互相鼓动下，都跟着导游上山。

一路欢声笑语。爬到半山腰，山路骤然变窄，一侧是峭壁，一侧是断崖，崎岖而险峻。个个气喘吁吁，面色凝重。抬头仰望面前看不到尽头的陡峭山路，几个同事开始后悔了，早知道山路这么艰难，就不爬了，有人打起了退堂鼓。“都已经爬到半山腰了，咬咬牙，就爬到山顶了。”在众人的勉励下，后悔的几个同事发生了分化，有的咬着嘴唇，表示继续攀爬，另外两个同事则坚决不肯再往上爬了，两人掉头而返。

总算攀上了山顶。站在最高的山岩上往下俯瞰，整个景区云雾缭绕，恍如仙境，与我们在山下所见，迥然有异。山风吹在脸上，更是宛若仙人拂面，清凉惬意之极。几个在半山腰还后悔的同事显得比其他人更激动，差一点就错过了这绝佳的风景，要是真的半途而返，这一趟就算白来了。

回到山下，两个半途下山的同事与几个坚持上山的同事再次相遇，双方互相调侃，说出的话竟然都是“你们后悔了吧？”半路下山的同事，认为爬到山顶的同事一定后悔没有和他们一起下山，爬得又累又险；而坚持爬到山顶的同事，认为他们半途而废，一定会遗憾没能看到美妙的风景。

很多时候，只要坚定信念坚持到底，你就会成功地站在巅峰，看到不一样的景致，并庆幸自己没有因为半途的悔意而动摇放弃。

我有个同学，在几个朋友的撺掇游说下辞去了公职，合伙办了一家当时前景看好的外贸公司。几个人利用各自原有的人脉优势，一度将生意做得很红火，几个人又追加资本，以求将雪球滚得更大。孰料好景不长，就在公司稳步增长的时候，恰遇重创全球经济的金融危机，外贸出口一落千丈，他们的生意也跟着遭遇滑铁卢，订单越来越少，眼见着公司就要维持不下去了。这时候，同学开始后悔了，后悔自己当初听了他们的话，贸然辞职；后悔选择了这个利润和风险都很大的外贸生意；后悔将自己的全部家当都追加了进来……总之，看着眼前的颓势，同学的肠子都悔青了。于是，同学萌生了退意。几个合伙人轮番劝说，分析形势，晓以利害，认为只要再咬咬牙，坚持过这段困难时期，世界经济必然复苏，外贸生意也必将迎来第二个春天。然而，同学去意已决，断然抽身，用残余的资金开了一家小卖部，艰难度日。谁知道第二年，各国刺激经济的计划显露成效，全球经济开始复苏，外贸订单像雪片一样飘来，同学原来参股的外贸公司乘势而上，很快扭转了颓局，创造了一个又一个市场神话。这一次，我的仍然守着小店过日子的同学，又一次悔青了肠子。

还有一个更极端的例子。我的一个远房侄子，大学毕业之后，没有去找工作，而是全力以赴考研。第一年，没考取；第二年又差了几分而名落孙山；眼看第三年了，何去何从？这时候，和他一起毕业的同学，有的早考取了公务员，有的已做了公司白领，有的虽然在小私企但已经升了职，自感一事无成的他，忽然后悔自己考研的选择，如果也一毕业就参加各种招考的话，说不定自己现在也是某个机关的公务员了。想到这儿，他决定放弃考研的梦想。通过父亲的关系，他进了一家单位，过上了朝九晚五的稳定生活。几年之后，当初和他一样几次考研失败的同学，最终都考取了理想的学校，有的后来还考上了名校的博士，发表了几篇很有分量的论文。这时候，他又后悔了，后悔自己当初怎么就没有恒心，如果也像他们一样坚持，自己也一定能考上研究生的。然而，重走考研路，他已经没有信心了。他决定另辟新路，辞掉工作，自己开一家网店，只要生意做大了，钱挣得足够多，一样体面。进了这一行才发觉，网店太多，生意根本不像自己想象的那么好做，几年下来，只是勉强维持。回头再一看，自己原来单位的几个小同事通过竞争上岗，竟然一个个都走上了中层管理岗位，成了干部。这一次，他又后悔了，要是坚持在那家单位上班，无论是凭自己的能力，还是凭资历和关系，他都不会输给他们。

一次次半途后悔，一次次半途而退，使我的这位远房侄子一次次陷入迷茫和无措的境地。我知道，不管他选择什么，如果不能坚持，下一次的后悔一定已经在半路等着他。

半途而悔，不能坚持，是很多挫败的根源。除非走到一半，发现这是一条死胡同、断头路，否则，永远不要在半路后悔。任何一次半途后悔，其结果都必然是半途而废，而那将会令你后悔一生。

看狗识人

小区里养狗的人越来越多了，在小区里散步，经常能遭遇遛狗的人，情形多半是这样的：先看见跑在前面的狗，再看见跟在狗后面的人。这与乡村截然不同，在乡下，更多的是狗夹着尾巴，跟在农人或孩童的后面。

遭遇多了，我也练出了一个小本领，就是看一眼前面的狗，就能够大致判断出，后面的狗主子是个什么样的人。

大多宠物狗见到人，就会热情地往你身上凑，小鼻子亲密地嗅着你的鞋尖和裤脚，尾巴摇得宛若大风下的旗帜。这样的狗平时显然得到了狗主人太多的宠爱，认为凡是人，皆是它的主人或者朋友。这与我们中的大多数人都是友善、好客的一样。遇见这样的狗，人们也乐于停下脚步，逗逗它，而跟在后面的狗主人，走过来的时候，也会冲人善意地笑笑。这样的人，即使不是什么大善人，至少没有什么恶意。

另一种狗见到人则会“汪汪”地叫个不停，仿佛你抢了它的骨头，或者侵占了它的专有道路似的。在大路上行车，常被人莫名其妙地摁喇叭、闪灯，与这种狗一个德行。倘是个孩子，会被它的凶样吓得哭起来，尖叫着避让，它就会追着孩子吠叫。但如果你是个壮汉，怒目而视，甚或狠狠地跺跺脚，这厮就会反被吓得一溜烟地跑开。狗的主子远远地听见了叫声，有的会嘻嘻哈哈地呵斥几声，语气里掩藏着高人一等的快意；有的不但不呵斥他的狗，还会从鼻腔里哼出一股怪气："你怎么跟它一般见识！"也不知道这话是跟狗讲的，还是跟人说的。这样的人，不是个难缠的刺头，就是尖酸刻薄惯了。但和他的狗一样，往往是个纸老虎，你真要和他拉开对仗的架势，他又会远远地跳开，比兔子还快。

有的狗穿着精致的小背心，甚至四只爪子上都穿着漂亮的套子，走起路来摇头晃脑，像个骄傲的王子或公主，对与它相遇的陌生人，以及看起来就邋遢不堪的其他狗，它都一概不屑一顾。不用说，这样的狗生活在殷实之家，养尊处优、傲慢骄横惯了，它的主子，即使与你住门对门，可能也从不主动与你微笑点头。这不足为怪，它和他，都有自己的圈子。有的狗高大威猛，舌头伸得比扒手的手还要长，看见一棵树，或一只垃圾桶，都要翘起后腿，做点记号，据为己有。它的脖子上套着狗圈，但很多时候，链子是拖在地上的，并没有被牵着，这让与它遭遇的人，呼吸都骤然变细了。而跟在它后面的人，如入无人之境，惬意地吹着口哨，脖子上的金链子比狗圈还粗。他不是暴发户，就是背后有大树的人，谁知道呢。

我很少在意这些狗的品种，就像一个人的品行与他的肤色毫无关系一样。我看过一个资料，说狗自从被人类驯服之后，就一直将人类视为自己当然的主人，但同样一条狗，被什么样的人豢养，性情和品性却迥然有异。有几次，我在小区里看见一条狗，总是耷拉着脑袋走路，很抑郁的样子，看见人，就远远地让到一侧，也从没看见它与别的狗有过什么耳鬓厮磨的交欢。而它的主人我是认得的，一个很开朗很善谈很友好的人。奇怪他怎么会将一条狗养得这么乖张，后来一聊才知道，这条狗本是他一个朋友的，朋友离异之后，形单影只，郁郁寡欢，性格变得越来越怪异，前不久，因为患了抑郁症，住进了医院，狗才不得不交给他代养。

小区里还有条狗让我印象深刻。这是条纯种的京巴犬，应该很温顺的，然而它不论是遇到人，还是遇到别的狗，一律狂吠不已，仿佛天底下的人和狗都欠了它十万八千块似的。养它的主人是一对小夫妻，就住在我家楼上，有时半夜能听到小两口甜蜜的歌声，有时凌晨时分，又会忽然听见摔桌子砸碗的惊天响动，日子过得磕磕碰碰，而伴随着锅碗抢地的声音，便是可怜的京巴犬恐慌、绝望、无助的吠叫声。可见，对一条狗来说，若遇人不淑，也是相当相当命苦的。

每一条狗的身上都深深地打上了豢养它的人的烙印。不过，虽然能够看狗识人，但我不得不承认，我也经常有看走眼的时候，例如我们从任何一条狗的身上都能够看到忠诚，而跟在它后面的很多人，却早已丧失了这种本性。

心是干净的

她抱着孩子上了车。

乘客不是很多，但座位已经没有了。有人看到了抱着孩子的她，把脸扭向了窗外；还有些人，不是打盹，就是玩手机，没看到她。这是唯一一趟开往郊区的班车，路很漫长，她经常带孩子来市里看病，很少有人会给她们让座，她已经习惯了。这么远的路，谁也不愿意站着。

她抱着孩子往里走，想找一个靠栏杆的位置，这样至少可以有一点倚靠，免得刹车时被惯性扔出去。路况不好，一路上总是磕磕碰碰的。

靠近后门的位置，有栏杆，还有一个相对封闭的空间，这也是她惯常站的位置。还好，空着。她走过去，抱着孩子，背靠着栏杆，站好。孩子已经一米多高了，虽然体弱多病，体重却一点不轻，抱着已经很吃力了，好在这一年多，她抱着孩子四处求医，已经习惯了。身边的座位上，坐着一个打着盹的男子，头发蓬松混乱，工服上全是肮脏的斑点，一看就是在工地上做苦力的。她忽然有点犹豫，是不是该换个地方站。倒不是嫌这个男子太脏，她只是怕他身上的细菌太多，孩子还在康复期，抵抗力很差，再也经不起一点折腾了。

正在她犹豫不定时，车“哐当”一声，突然启动了。很多人猝不及防，摇摇晃晃，坐在她身边的男子被惊醒了，迷茫地睁开眼睛，干咳了几声。他看到了站在身边抱着孩子的她，他又朝前后左右瞅了瞅，似乎寻找着什么。除了十几个站着的乘客，坐着的不是打盹，就是玩手机，或者眼睛茫然地看着窗外。

他突然“腾”地站了起来，指指自己的座位说：“让、让娃坐下吧。”她笑笑，说了声谢谢，摇摇头。她很想让孩子坐下来，那无疑会轻松很多，可是，看看一身脏衣服的他，又看看他刚刚坐过的座位，她还是拒绝了，她担心座位上留下了太多的细菌，那对孩子是很危险的。但是，这话可不好说出口，那多伤人啊。她只是摇头。

他不甘心地又转身对孩子说：“你、你坐吧，别、别让你妈抱、抱着了，多吃力啊。”他讲话有点口吃。孩子看看他，又看看妈妈，也摇摇头。

他有点尴尬地站着，看看她，又看看座位，忽然，明白了什么似的，他弯下腰，用手掌擦了擦座椅，又用胳膊肘上的衣服将座位擦了擦。“你看，这样就干、干净了。”他咧嘴笑着说。

她的脸唰地红了。她知道，如果自己再拒绝的话，真的要伤着一个好人的心了。她想了想，抱着孩子坐了下来，让孩子坐在自己的腿上，然后仰头对他又说了声谢谢。他呵呵地笑着说：“谢什么啊，我一会儿就到站了。”

她冲他笑笑。调整好坐姿，她将孩子戴着的口罩理了理。孩子将头覆在她的肩膀上。他看看孩子，问：“娃身体不舒服啊？”她点点头，说：“带孩子来看病的。”

正说着话，车又到站了，有人下，有人上。他又干咳了几声，忽然好像意识到什么，他抱着胳膊，往前面走，在一个远离她们的偏僻位置站了下来。

公车在夜色中继续向前驶去。

恍恍惚惚中，车到终点站了。她看见他从前门下了车，她抱着孩子，从边上的后门下车。一下车，她就看见了骑车来接她们的老公。终于又要回到家了，她感到一阵轻松和暖意。

他们都很快消失在匆匆的人流中。

别折断一只小鸟的翅膀

街道组织了一场幼儿舞蹈比赛，参赛的小选手都是辖区居民的孩子，虽然不是什么正式的比赛，为体现公正，主办方还是邀请了几位专业评委，为孩子们评判打分。我的同事小卢应邀做了评委。小卢是跑片记者，说是评委，其实主要是去采写新闻报道的。

没想到，这样一场比赛却引起了家长和孩子们的极大兴趣，报名参加比赛的孩子有近百人之多。经过街道的初选，二十个小朋友进入了最后的比赛。比赛那天，孩子们在家长的陪同下，早早地来到了比赛场地。打扮得漂漂亮亮的孩子们，唧唧喳喳，热热闹闹，到处是孩子们的欢声笑语，不少家长也互相认识，热情地打着招呼。与其说是一场比赛，不如说是一场社区联谊会。

五名评委坐成一排，一名舞蹈老师、一名电视台少儿频道的主持人、一名专业演员、一名领导模样的人，还有小卢。孩子们按照抽签顺序，一个个进行表演。

比赛开始了。

第一个上场的是一个女孩子，表演的舞蹈是一段《酷酷舞》。在欢快的节奏中，小女孩翩翩起舞，旋转，跳跃，踢腿，每一个动作都干脆利落，像模像样，赢得了评委热烈的掌声。第二个上场的是一个男孩子，跳的是一曲《爵士操》，一招一势，有板有眼，举手投足，都颇有小绅士的风采。评委们一致投以赞许的眼光，小卢也是不停地拍着巴掌，她几乎忘记了自己是评委，完全沉浸在孩子们的舞蹈中。孩子们的表演太精彩了。

比赛继续进行。孩子们一个接一个上场表演，一个比一个精彩。如果不是亲眼所见，你简直不敢相信，这些平均年龄不到六岁的孩子，舞蹈都跳得那么好，神采飞扬，活泼可爱。第十六个上场的男孩子跳的是名叫《我真棒》的幼儿舞蹈，欢快的节奏与男孩的劲舞融为一体。比赛结束的时候，男孩子还不忘向评委们深深一鞠躬，像极了一名训练有素的专业舞者。评委们报以微笑和掌声。

紧接着上场的是个女孩子，脸憋得通红，一进场，音乐还没有响起，她就先跳了起来，跳了几步，才意识到音乐还没起呢，尴尬地停下，扭头看看外面，又怯怯地看看台上的评委们。音乐终于响起来了，小女孩似乎还没缓过神来，随着音乐的节奏慌乱地起步，却怎么也踩不上节拍。小卢用眼睛示意她慢慢来，不要着急。小女孩茫然地转着圈，不知道是由于太紧张，还是因为舞蹈基础本来就弱，小女孩的舞蹈跳得越来越没有章法，就像一片被狂风吹得失去了方向而四处飘舞的树叶。

小卢扭头看看其他几名评委，想和他们讨论一下小女孩的表演。可是，小卢惊讶地发现，其他几名评委都早就将头扭向了一边，各忙各的：一名评委在目不转睛地盯着自己手中的茶杯，一名评委聚精会神地玩弄着手机，一名评委闭目养神，还有一名评委，干脆将整个身子倒向椅后，想要躺下来的样子……除了自己，没有一个评委还在看小女孩的表演。小卢努力抑制着自己的情绪，问另外几名评委："小女孩太紧张了，没表现好，可不可以让小女孩平静一下，再重新表演一次？"其他几个评委一听，连连摇头说："难道你没看出，这个小女孩的舞蹈基础很差吗？她根本就不是跳舞的料。"一名评委甚至提出，干脆让小女孩终止表演算了，她这个水平，反正什么名次也拿不到的。

"不！"小卢坚定地说，"不管她跳得怎么样，我们都应该让她跳完。而且，我想请大家能像看其他孩子表演时那样，注视着她，让她表演完。"说完，小卢将目光投回小女孩的身上。

小女孩旋转着，舞着。有几次，小女孩的目光和小卢的目光对视，小卢看见，小女孩的眼睛湿湿的。

小女孩表演完了。小卢看着小女孩，点点头，拍着掌。小卢一个人的掌声显得稀稀拉拉。小女孩向着评委席鞠了一躬后，跑向场外。小卢从虚掩的门缝中看见，小女孩扑进了一直等在场外的妈妈的怀里。小卢说，那一刻，她的眼睛忽然也有点湿润。

回到报社，向我们谈起这件事的时候，小卢的情绪似乎还不能完全平静。我们好奇地问她，对这件事为什么反应这么激烈？小卢没回答，却反问我们："你们知道我为什么不喜欢唱歌吗？"顿了下，小卢告诉我们，其实，小时候她特别喜欢唱歌，走到哪儿，唱到哪儿，大人们都夸她是百灵鸟。有一次，参加一个小学生歌唱比赛，因为太紧张，唱歌的时候有点跑调了，高音上不去。才唱了不到一分钟，评委忽然对她说："你不用唱下去了，就到这儿吧。"小卢说，虽然那时候她只是个小学二年级的学生，但她恨不得找个地缝钻进去。从此以后，她再也没唱过歌，直到今天。

“他们折断了一只百灵鸟的翅膀，我不想也折断一只鸟的翅膀。”小卢说，“虽然这只鸟长大之后，未必能成为歌唱家或者舞蹈家，但鸟儿的翅膀，无论如何是不应该被折断的。”

生活的轨迹

拉着儿子的小手，从低矮的出租屋里走出来，她快活地对儿子说：“想到哪儿去玩，今天妈陪你。”

听说她的儿子从乡下来了，雇主特地给她放了一天假，让她带自己的儿子好好玩玩。离开家出来做保姆两年多了，这还是第一次见到儿子，儿子长高了，她都有点认不得了。

她的脑子里闪电一样过着一个个镜头，她想，一定要挑几个好玩的地方，让儿子尽兴地玩一玩。

她拉着儿子，沿着大街，一边走，一边想，到哪里去呢？

她在脑海里搜索着，第一个蹦出来的是少年宫。没错，那里是孩子的天堂，唱歌的、跳舞的、弹琴的、画画的、跟着洋人学外语的，五花八门，什么都有。两年来，每个星期六的下午，她都会准时陪着雇主的女儿，到少年宫来学小提琴。雇主的女儿长得可人疼，琴也拉得好听，去年考级时，已经拿到了小提琴业余八级。每次雇主的女儿在里面学琴时，她就和其他接送的家长一样，坐在院子里的树荫下等。那些家长有的是爸爸妈妈，有的是爷爷奶奶，或者外公外婆。家长们互相会聊几句，有人问她：“你是陪女儿来练琴的吧？”她没好意思回答，不置可否地笑笑。放学了，孩子们蹦蹦跳跳地出来。雇主的女儿向她走过来，她就接过雇主女儿手中的小提琴，背在自己身上，然后，一前一后地向雇主家走去。看着雇主家的女儿，她常常会不由自主地想起自己乡下的儿子，她想，要是哪天也能带自己的儿子来少年宫，学点东西，那该多好啊。

今天，儿子终于来了，她琢磨着，就带儿子去少年宫里转转，让儿子见识见识。少年宫的每一个角落，她都是熟悉的，熟悉的地方让她有安全感。可是，带儿子进去干什么呢？她忽然犹豫起来。唱歌，跳舞？还是弹琴，学画？她只有一天时间陪他，这一切似乎都不可能。

她摇摇头，算了，还是带儿子去游乐场吧，那里面好玩的东西很多很多，别说玩了，儿子连见都没见过，带儿子去那里玩，儿子一定开心。

每隔一两个月，雇主一家人就会带上女儿，和亲戚朋友家的孩子一起去游乐场玩。为了照顾好这些调皮的孩子，每次雇主都会让她一起去。那些好玩的东西，她一次也没玩过，不过，很多名字，她都记熟了，什么摩天轮、海盗船、火箭升空……一个比一个惊险，一个比一个刺激，孩子们的尖叫声让她的心也怦怦直跳。雇主夫妻俩会和孩子一起玩，这时，她就坐在一边，帮他们看管照相机、手机、孩子的零食、衣服和包裹。她不时抬头仰望一眼高空，有时候会看到雇主一家正在向她挥手。她心里想，要是儿子进城了，自己就和老公一起，也来游乐园陪儿子玩，那该多开心啊。可是，老公眼下正在工地上扎钢筋，连着一个多月了，都没休息过一天，哪有时间陪儿子来玩啊。

想到这里，她又改变了主意，儿子这么瘦，还是带他去吃一顿好吃的吧。吃什么呢？几乎想都没想，她的脑子里就蹦出两个店铺：肯德基和麦当劳。

雇主家的女儿，每过一段时间就嚷着要去吃肯德基，每次都是她陪着去的。她还记得第一次去，她都不知道怎么点餐，好在雇主的女儿根本不需要她帮忙，一个汉堡、一对香辣鸡翅、一包薯条、一杯可乐……雇主的女儿一口气报了出来。陪了若干次之后，现在，她对这两家店也很熟悉了，像个老主顾一样。

那就带儿子去吃肯德基或者麦当劳吧，她正准备将这个决定告诉儿子，忽然又犹疑了。她记得，每次雇主家的女儿简简单单吃一次，都要好几十元钱，快赶上她一天的工钱了。大女儿明年就要考大学了，老家的房子也该翻盖了，父母的年纪大了，身体也不好……到处都缺钱呢。她忽然明白，那些看起来她已经适应并习惯的生活轨迹，其实仍然不是她的。

儿子似乎看出了她的犹豫，懂事地对她说："妈妈，我们就在大街上随便逛逛吧。"她咬着嘴唇，点点头。忽然，儿子发现，人行道上的地砖都是网格状的，儿子激动地对妈妈说："我们来比赛跳田字吧。"

儿子快乐地蹦蹦跳跳，一会儿就满头大汗了，回头对她说："妈妈，我渴了，给我买根豆沙冰棍吧。"

她再次点点头，眼睛里忽然涩涩的，不知道是汗，还是泪。

你是老师亲爱的

中考之后，儿子将初中的课本全部清理了，说是为即将到来的高中生活预留足够的书架和空间，却保留下了一大摞家庭作业本，并郑重其事地对我们说，这些他将永远珍藏，让我们千万不能当成废旧的本子给扔了。

我随手翻了翻，都是儿子的科学作业本，我明白了，也郑重地点点头。初中三年，儿子对科学课逐渐产生了兴趣。这完全得益于教他们科学课的韩老师，韩老师是儿子的班主任，她对儿子的影响，很多都记录在这一本本的家庭作业本里，她在每一篇作业后都会留下一段评语，正是这一段段评语将一个懵懂少年彻底改变。

记得儿子刚上初中，那天放学回家，儿子一脸潮红。才开学没几天，就又在学校犯错、挨训啦？我赶紧问儿子。儿子迟疑地将一个簇新的家庭作业本递给了我。是科学作业本，打开，才刚刚做了一页，和以往一样，字迹潦草，一看就是不用心。作业后面是一句红笔写的评语："亲爱的，你的作业本能不能像你的人一样，长得清秀、干净、帅气呢？"一句亲爱的，让我的血往上涌，说实话，这还是我第一次看到老师用这样的称呼，写这样的评语。我看看红字，又看看儿子，儿子低着头，我试图看出儿子对这段评语的评价，而儿子显然还没有从这句评语中缓过神来。儿子接过作业本，就回自己的房间去了。那天，儿子一直在自己的房间里写作业。晚上，儿子照例让我在作业本上签名。我惊讶地发现，儿子的作业本第一次写得这么工整，几处写错的地方都是用橡皮小心翼翼地擦拭干净，重新写上的。

这个变化完全出乎我的预料，儿子从小就是个出了名的小马虎，几乎每个老师都批评过他，我甚至为此骂过他，揍过他，但都没有什么效果。那天的作业后面，韩老师的评语是这样的："亲爱的，你今天的作业本就像雨后的田野一样清爽，我喜欢！"

我不知道，从什么时候开始，儿子慢慢喜欢上了科学课，但我感觉出来，他对韩老师的好感与日俱增。有一次，他无意间流露出，每天早晨作业本交上去之后，下午快放学布置新的家庭作业时，才发回来，科学作业本一发到手，他就会迫不及待地打开，想看看韩老师对他昨天的作业以及今天的表现打的评语。而因为按照老师的要求，家长每天必须在孩子的家庭作业本上签名，我也有机会看到韩老师写在作业本上的每一条评语。

"亲爱的，你忘记订正了。""亲爱的，你这个解题方法很好，连老师一开始都没想到呢。""亲爱的，今天的班会上，你怎么没有发言呢？男子汉，要大胆地发表自己的观点哦。""亲爱的，这次单元测试，你又进步了，我好开心！"……看了这些评语，我明白儿子的变化了。想象着戴着近一千度近视镜片的韩老师，埋头在一本本作业本上批改，认真地写着评语，我的心里涌起一股股莫名的感动。

"亲爱的"，这是韩老师的标志性称呼。进入中学后，儿子已经进入青春期，一开始，我还真有点担心，这样亲昵的称呼会不会让敏感的孩子们过早地情窦初开。一次，我无意间在儿子的QQ空间里看到了他的一篇日志，他说第一次看到韩老师在作业本上喊他亲爱的，他的脸一下子红到了耳根，虽然是年龄看起来比自己妈妈还大的人。这是第一次有人这么喊他，他写道，慢慢地，他和班里的同学一样，习惯而且喜欢上了韩老师的称呼和评语，曾经很害怕也很讨厌老师的红笔，现在，韩老师的红笔评语让他感到很温暖，像火一样。

儿子，你说得对，像火一样，那是红笔的颜色，它还是心血的颜色。那天，我陪儿子将他初中的科学作业本，一本一本，都翻了一遍。在最后一本上，韩老师用红笔写了很长的一段评语，最后一句是："亲爱的，今后记得来看看老师哦！"评语的后面是儿子写的两个字——"一定"，接着是一连串的感叹号。

中考结束那天，我最后一次看到韩老师，她冒雨等候在考场外，每一个从考场出来的她的学生，都得到了她一个热烈的拥抱。我站在家长群中，注视着这一切。那天，我也给了儿子一个长长的拥抱。那是儿子长得快和我一样高以来，我第一次拥抱他，很温暖。

留下一颗有尊严的种子

由于前方公路塌方维修，我们的旅游车不得不绕道一条高原小路，向日喀则进发。一路颠簸，使我们的高原反应更加厉害了。不过，因为走的是一条便道，车辆稀少，倒使我们有幸看到了平常看不到的高原风景。

这是我们进藏的第二天，昨天下了飞机后，我们就一直躺在宾馆里，休息调整。对于即将亲密接触的西藏风情，我们的内心都充满了神秘的期待。一路上，藏族导游格旦卓玛不断地给我们讲着笑话，帮我们缓解了不少痛苦。旅游车驶进了一块腹地，高原反应减轻多了，大家的兴致慢慢又高了起来，有人掏出包里的零食和饮料分发给大家。格旦卓玛马上给我们每个人发了一个塑料袋，让我们将果壳废物装进袋里，然后统一交给她带回拉萨去处理。

前面出现了一个藏族村庄。有人激动地对司机说："在村口停一下，让我们下车到村里去看一看。"

看着我们兴奋的样子，格旦卓玛笑着问我们："你们是不是也带来了很多小礼物？""没错啊，你怎么知道的？"几个女同志一边说，一边迫不及待地打开了各自的旅行包，拿出了各种各样色彩缤纷的小礼物：铅笔、橡皮、练习本、糖果、巧克力、玩具熊……吃的、用的、玩的，应有尽有。

几乎每一位进藏的游客，都会带来一些小礼物，送给见到的藏族小孩。“谢谢你们的好心。”格旦卓玛说，“以前，因为比较闭塞，很多藏族小孩长年难得见到外人，所以，对于偶尔见到的旅游车和游客，他们会安静地站在路边，向旅游车上的游客挥手致意，表达他们的好奇和欢迎。但是，这几年，一些进藏的游客总是将小礼物送给藏族小孩，使得一些孩子的心态都变了，只要一看到旅游车和游客，他们就会围过去，伸出小手，等着游客给他们派送礼物。游客的小礼物本来是一片爱心，但这却滋生了孩子们不劳而获的心理，也会无形中伤害到他们的自尊。”

“那我们带来的这些礼物可怎么办啊？再说，我们真的只是想表达一下我们的心意。”大家议论开了。格旦卓玛摆摆手，说：“这样吧，如果大家确实想将小礼物送给孩子们的话，我给大家一个建议，不要一见到孩子就无缘无故地将礼物送给他，那就像是施舍一样，不好。大家可以想点办法，例如你可以让孩子帮你一个忙，然后，再将小礼物作为回馈，赠送给他。好吗？”

大家连连点头，旅游车里一下子安静了下来。

旅游车在藏族村庄前缓缓地停了下来。我们刚走下车，就被一群藏族孩子包围住了，果然如格旦卓玛所说，有的孩子直接将双手伸到了我们的面前。

一位中年妇女手里拿着一只水杯，她弯下腰，问离她最近的一个小姑娘：“你家就住在附近吗？”女孩点点头。中年妇女指着手中的空水杯说：“我很渴，我可以上你家去倒一点热开水吗？”小姑娘迟疑了一下，说：

“好啊。”说着，领着中年妇女，蹦蹦跳跳地向边上的一户藏民家走去。

一对年轻夫妇，领着七八岁的儿子，一起下了车。男孩好奇地打量着围过来的藏族小孩，藏族小孩也好奇而羡慕地盯着他。年轻的爸爸蹲下身，问身边的藏族小孩：“你们平时玩什么游戏？”一个藏族小男孩挠挠头说：“我们最喜欢玩‘江克勒格’了。”年轻的爸爸尴尬地瞪着眼睛，不明白“江克勒格”的意思。恰好导游格旦卓玛走了过来，翻译说：“‘江克勒格’类似你们的老鹰捉小鸡。”“这个啊，我也会。”小男孩激动地说，“那我们可以一起玩玩吗？”很快，小男孩就和几个藏族孩子手拉手围成了一圈，年轻的爸爸客串老鹰。

两个年轻姑娘拉住一个藏族小女孩，问她：“村子里有藏獒吗？”藏族小女孩点点头。年轻女孩伸了伸舌头，做出害怕的样子说：“藏獒都很凶的。”藏族小女孩点点头，又摇摇头。两个年轻姑娘轻声问：“你可以帮我们一个忙吗，带我们进村里看看？”藏族小女孩又笑着点点头，自豪地带着她们向村里走去。

半个多小时后，大家重新回到了车上。旅游车慢慢驶出村庄，一群藏族孩子站在路边，向我们的旅游车挥舞着手臂，大家也打开车窗，不停地挥着手。

车驶离了村庄，格旦卓玛这才问大家：“礼物送出去了吗？”大家都点点头。中年妇女激动地说：“藏族孩子太淳朴，太可爱了。我明白了一个道理，事实上，我们送给他们的只是小小的礼物，而他们回赠给我们的，却是这个世界上最纯净、最真诚、最甜美、最难得的笑容。”

孩子触摸到的城市

转眼又开学了，孩子们蹦蹦跳跳地回到了山坡上的校园。

课堂上，老师给亮亮他们几个布置了一个任务：向同学们描述一下他们眼中的城市，让其他孩子也长长见识。

这个学校里的孩子都是附近山村的，最远的要翻两个山头。山多地少，大部分孩子的父母都远赴他乡打工去了，因此，学校里大多数的孩子都成了留守儿童。不过，这个暑假，亮亮他们几个无疑是幸运的，他们被在同一个城市打工的父母接到了城里，和父母在一起住了一段时间。亮亮他们也是这个学校里为数不多的几个去过城里的孩子。

第一个发言的是亮亮，他是班干部。他说，他们几个是坐同一个火车进城的，不过，出了火车站之后，他们就分开了，他们的父母在城里干的是完全不同的活，住的地方也相距很远，虽然同在一个城市打工，老乡之间平时也没时间来往。亮亮的爸爸在建筑工地打工，专门在楼顶浇模灌浆。爸爸住在工地上的工棚里，十二个工友挤在一起，工棚里永远都弥漫着一股浓烈的汗馊味。亮亮去了之后，爸爸将床让给了亮亮，自己拿张席子铺在地上睡。

印象最深的是，工棚里太热，根本睡不着，有几个晚上，爸爸就夹张席子，带着亮亮偷偷爬上了他们正在盖的高楼上去睡。讲到这里，亮亮的眼睛亮亮的，他说，从来没有见过那么高的楼，已经盖到三十多层了，还在往上盖呢。亮亮激动地说，正在盖的楼，门窗都还没有安装，每次站在四周没有遮拦的高高的楼板上，感觉比在山腰上看得更远。四周都是黑乎乎的高楼，以及高高的脚手架，有时候半夜睡醒了，迷迷糊糊地看出去，还以为是在老家的山林里呢。

老师问，除了工地，还有别的吗？亮亮摇摇头，白天，爸爸上班去了，他就在工棚里做作业，或者听看工地的老大爷翻来覆去地讲几个老故事。工地在郊区，出门很不方便，本来爸爸答应调休一天，带他去公园玩的，可是，那段时间，要赶工期，所有的工人都不准请假，所以，最终什么地方也没去成。“城里到处都是正在盖的高楼，好高好高的楼。”亮亮坚定而自豪地说。

紧接着讲述的是芳芳。芳芳的父母在一家农贸市场卖菜。每天天不亮，爸爸和妈妈就蹬着三轮车，到蔬菜批发市场进货去了，等到芳芳早上醒来的时候，农贸市场早已经热闹开了。芳芳父母租的房子离农贸市场不远，吃过早饭，芳芳就走到农贸市场去，帮妈妈剥剥毛豆，或者帮妈妈算算账，找找零钱。芳芳不好意思地说，因为老是帮妈妈算账，她现在算起数字来，还跟算账一样，三七二元一，七九六毛三。全班同学都哄堂大笑起来。等大家笑够了，芳芳接着说：“离菜场不远，就有一个大商场，听说，里面什么东西都有，要什么有什么，比咱们镇上的大商场大几十倍呢。我真想去看一眼，哪怕只看一眼，虽然我知道，那里面的东西我们根本买不起。可是，爸爸妈妈每天都要卖菜，没时间陪我，他们又不放心让我一个人去，怕我迷路了。

不过，我妈妈答应我了，今年放寒假的时候，如果我还能进城里去的话，一定带我去那个大商场逛逛。”

讲完了，芳芳坐了下来。老师意识到，这样讲下去，大家对城市的印象会变得更模糊。老师提示后面的同学，要言简意赅，拣自己印象最深的讲。

胖子李站了起来，他的妈妈在城里扫马路。胖子李说，城里的路好宽，汽车好多啊。没事的时候，他就去帮妈妈捡路上的垃圾，扔在路上的塑料袋、烟头、香烟盒、饮料瓶什么的。有一次，他看见从一辆小车上扔下一个空瓶子，他正要弯腰去捡，突然，不知道从哪又飞快地窜出一辆车来，差点将他撞飞。

小虎说，他的爸爸在一个小区当保安，他们就住在小区的地下车库里。小虎骄傲地说：“城里真好，你们想都不敢想，城里人在地下挖那么深，还停了那么多汽车。”他对胖子李说：“你知道路上那些汽车，都是从哪里钻出来的吗？”不等胖子李回答，小虎自己回答，“那些车子都是从地底下冒出来的，你们绝对想不到吧。”

小豪的父母在城里做早点，他进城住了半个月，每天帮父母端盘子抹桌子，卖不掉剩下的馒头就是他们的午餐。小豪说，城里人吃东西最讲究了，吃肉包子还要蘸醋……

孩子们都讲完了。老师在心里叹了口气，没有一个孩子提到有趣的少年宫、热闹的儿童乐园、精彩的海洋世界、古朴的博物馆、浩瀚的书店……老师在城里读师范时去过这些地方，这才是一个城市的精华啊。老师知道，这些孩子虽然进了城，但他们有机会能够触摸到的只是城市最不起眼的皮毛啊。不过，老师已经看出，即使这点皮毛，也让其他的孩子艳羡不已。

老师随手打开课本，跳出来一篇课文《盲人摸象》。这本来是今天该讲的一课，老师决定先跳过去，他觉得，有时候是大象故意只让你摸到它的一侧，而我们的城市本可以敞开它的怀抱，那样的话，即使大山里的孩子也可以触摸到它更真实、更温暖的那部分。

期末考试——扫地

中午休息的时候，同事小王跟我们讲了一桩趣事：她的孩子今年刚读小学一年级，这不，临近期末了，学校照例举行期末考试，可是，奇怪的是，这次期末考试，既不考语文，也不考数学。“那考什么啊？”我们好奇地问。“你们绝对想不到，考扫地。”小王笑着说。

我们都想知道怎么个考法。小王说，考试还挺规范挺严格呢。老师会事先在每个人的凳子和地上撒一些小纸屑，然后让孩子分别拿着扫把和簸箕清扫，谁扫得既干净，又科学，得分就高。别小看了扫地，也有不少学问呢，例如怎么扫凳子上的纸屑就大有讲究。有的孩子，会用手将凳子上的纸屑先拿到地上，再扫进簸箕；有的孩子，则会先提起凳子，让凳子上的纸屑顺势滑落到地上，再清扫；还有的孩子，聪明地将簸箕靠在凳子边上，直接用手将纸屑划进簸箕里；当然，也有的孩子，直接拿扫把将凳子上的纸屑扫下来，对于这样的扫法，监考老师会当场告诉孩子，这是不卫生的，因为纸屑虽然扫下来了，但扫把反而会将凳子弄得更脏。

听了小王的话，办公室里一下子炸开了锅。我们几个人，都有孩子，有的也在读小学，有的已读中学了，但我们的孩子都有一个共同的特点，那就是不会做家务，也不肯做家务。于是，话题围绕孩子和家务展开。

小刘说，他的孩子已经读小学五年级了，别说做家务活了，至今连他自己用的铅笔都还不会削。没办法，孩子的妈妈只好每次买回十支铅笔，事先将每一支铅笔都削好，让孩子带到学校里用。孩子晚上放学回来，再帮他将铅笔全部削好，以备第二天使用。小刘直摇头，这样的孩子，长大了该怎么办呢?

黄大姐接着说，她的孩子已经读初中了，不瞒大家说，孩子一直到小学毕业，连红领巾都还不会自己系。上小学的时候，都是她一早在家里，帮孩子穿好衣服，系好红领巾，再让孩子去上学。有一次，孩子早上出门的时候，发现找不着红领巾了，没办法，只好让孩子到学校门口的小卖部临时买。孩子非让她陪着去买，因为他不会系。那时候，孩子已经读六年级了，个头比她还高。站在学校门口，帮孩子系红领巾的时候，她都感觉到难为情。

站在一边的老李接茬说，因为孩子的爷爷奶奶家就在学校边，所以，平时儿子都住在爷爷奶奶家。有爷爷奶奶疼，儿子什么事都不用操心，十几岁了，竟然连鞋带都不会系，要不就穿一脚蹬的鞋，要不就是奶奶帮他系。有一天下班后，他顺道去看看，正好儿子刚放学回来，远远地看见儿子一瘸一拐地走过来，他还以为儿子的脚受伤了呢。一问，原来是上体育课的时候，鞋带散了，他不会系，又不好意思让别的同学帮忙，没办法，最后儿子只好将鞋带全解了下来，就这样趿拉着鞋，上了一堂体育课。那次，他和儿子认真地谈了一次，并当场教儿子怎么系鞋带，又和孩子的爷爷奶奶约法三章，今后孩子的事必须自己做。从那以后，儿子都是自己系鞋带了，还学会了很多自理的活。

大家点头称是。事实上，孩子之所以不愿也不会做家务活，病根并不在孩子身上，而是因为父母或者爷爷奶奶包办得太多了。对孩子，我们关注更多的往往是他们的成绩和身体健康，而忽视了培养孩子的自立意识、自理能力。有了太能干的父母，就难免有衣来伸手、饭来张口的孩子。而这样的孩子长大成人之后，要想自主自立，就不得不将本该从小学会的基本技能，再重新去学习掌握。

有时候，学会放手，就是给孩子最大的爱。

天边与身边

天边曾经很遥远，现在忽然近了，所谓天涯咫尺；身边曾经很贴近，现在忽然远了，所谓咫尺天涯。

天边发生的事情，诸如哪里又发生战争了，哪里又罢工了，哪里又骚乱了，哪里又发生政变了，哪里又地震了，甚至哪个明星闹出了绯闻，哪个政要出了个丑，哪个幸运儿中了个大奖，只要上了网，转眼之间，我们就能够了如指掌。而身边发生的事情，诸如邻居家昨夜被盗了，同事家的孩子升学了，朋友开车出了点事故，甚至哪天是母亲的生日，亲戚家的孩子叫什么名字，妻子的发型什么时候变换了，我们一概浑然不知。真的吗，这是啥时候发生的事？常常听到身边的人发出这样的惊呼。

今天，人们的视野越来越开阔了，离人们越远的事，人们越关心。一堆男人聊天，一定满口都是世界大事，侃侃而谈，头头是道，唾沫横飞。谁还在意眼前那些芝麻粒大的小事情，婆婆妈妈，又琐碎，又恼人，又无奈。天边的人罢工了，交通瘫痪了，人们义愤填膺，群情激愤，忧心如焚，比自己吃了苍蝇还窝心，恨不得插上翅膀，去帮忙开飞机驾轮船踩三轮车。身边的老人在路边倒地不起，从他身边走过的人匆匆瞥一眼，就加快脚步赶紧逃离，没有一个人愿意或敢于将跌倒的老人搀扶起来。人们的胸怀仿佛变宽广了，可以装得下整个世界，心胸却越来越自私狭隘了，连伸手扶一把的力气和勇气都失却了。

人们的朋友也似乎越来越多了，却大都是网上的朋友、天边的朋友。人们更愿意与虚拟世界的人、遥不可及的人，相识，结交，倾诉，打情骂俏，海阔天空，而不愿意敲开对门人家的门，去楼上楼下串串门，聊聊天，叙叙旧。心里话、真心话、大实话，宁愿跟天边的人说，也不愿意让身边的人知道。当朋友遍天下的时候，人们却连身边最亲赖的人，都相互遮掩不敢相信了。如今，朋友成了一个使用频率最高，也最廉价的名词，只要轻点鼠标，你就可以将天边任何一个陌生人变成好友。而要让一个身边交往多年的朋友与你绝交，你只要向他伸手借点钱，就可能会立即被他毫不留情地拉入黑名单。

在我们身边，有很多这样的人，他能够坐在电脑前，与天边的人整夜整夜地闲聊胡侃，却与身边的亲人，连半句问候的话都懒得说；他会冲动地花上巨资，乘飞机坐海轮赶赴天边，与网友见面，而不愿意花几十元买张火车票，回老家去探望年迈的父母一眼；他听说天边有人虐待一只小狗，就会心如刀绞声泪俱下甚而捐钱捐物以拯救生灵，而楼下地下室的拾荒老人又冻又饿又病，濒临死亡，他却无动于衷，充满鄙视，甚而恨不得将之驱逐出小区而后快。于是乎，越来越多的人，对天边很熟悉，对身边很陌生；对天边很神往，对身边很厌烦；对天边很关注，对身边很漠视；对天边很热情，对身边很冷漠……

天边很神秘，有一点神往，予一点关注，寄一点梦想，这都没有错。可我们不应该忽视，更不应该忘记我们的身边。身边生活着我们的亲人、我们的邻居、我们的同事、我们的朋友，以及所有与我们有幸擦肩而过的人。当天边离你越来越近的时候，可能身边正离你越来越远，而这，是一件多么无奈而悲哀的事情!

你的天边，也是在他人的身边，而你的身边，正是他人的天边。身边亦有美景，身边围着亲人，身边才是我们各自看得见摸得着真真切切实实在在的生活。让我们的心先回到身边安顿下来吧，把身边做好了，再让心飞到天边，天边才有可能像身边一样曼妙而令人神往。

“懒人”家的雪

在中国雪乡，几乎每一片雪都是一道风景。雪乡的雪，厚积在一起，或状如巨大的蘑菇，或貌似憨厚的海龟，或形犹奔竞的骏马，或静若安卧的白兔……喜欢拍照的你，随便往哪儿一站，身后的皑皑白雪都会衬给你一个惊艳的背景。

不过，导游一定会告诉你，如果想拍到最迷人的雪景，你必得去“懒人”家的小木屋。“懒人”家的木屋顶上，有最厚实的积雪，最厚的时候能有一米多高；“懒人”家的后院，有最纯静的雪地，如镜的雪地上，每一粒雪都恰到好处地停留在自己的位置上；“懒人”家的屋檐，厚厚的雪挂一直拖到地面，成了最丰韵的雪尾巴；“懒人”家的木栅栏上，积雪凝聚成厚实的蘑菇、富态的白菜、丰腴的伞屋……走进“懒人”家被层层积雪拥围着的小木屋，犹如走进一个圣洁的童话世界。

一批批游客被白雪牵引着，走向“懒人”家。

我也是循着雪的足迹，走进了“懒人”家的小木屋。果然没有让我们失望，“懒人”家的雪，比我们在雪乡别的人家看到的雪，更厚实，更洁净，更天然，更完美。

一个问题萦绕着我：同样在雪乡，难道雪更青睐“懒人”家吗？

导游笑了，当然不是，老天不会为“懒人”家多飘落一片雪。那么，为什么“懒人”家的雪，要比别地儿显得要更厚实而干净呢？导游说，这也正是“懒人”的由来。

导游给我们讲了“懒人”家小木屋的故事。

雪乡几乎在一夜之间出名之后，全国各地的游客纷纷慕名而来，蜂拥而至的游客为偏僻闭塞的雪乡带来了滚滚财富。寂静的山村一下子热闹起来，全村一百多户家庭，几乎家家垒起了新炕，打扫干净门前的雪，办起了家庭旅馆招揽游客。游客们住在村民家中，睡农家炕，吃东北小菜，堆雪人，打雪仗，其乐融融。有的村民还推出一些特色游玩项目，诸如马拉雪地车、狗拉雪橇、雪地摩托、滑雪圈等等。总之，村民们从中获取了巨大的经济收益，很多人家奔向致富的大道。

只有“懒人”家毫无动静。“懒人”既没有多垒一个炕以招揽游客，也没有开办任何一个游玩项目，挣点外快。在大家竞相揽客生财的时候，“懒人”却双手拢在袖子里，安静地旁观着大家忙碌奔竞的身影，甚至连家门口的落雪都懒得清扫。不但不扫，“懒人”对落在他们家的雪都视若珍宝，倍加珍惜，不容许任何人动哪怕一粒雪。于是，从入冬以来的第一场雪落在“懒人”的院子里开始，它们就再也没有移动过一步。一场雪，又一场雪；积起一层，又积起一层。层层叠叠厚厚实实的积雪，最终像一个朴素的白套，将“懒人”家的小木屋、“懒人”家的后院、“懒人”家的木栅栏包裹、堆积、成形。终于有一天，一个爱好摄影的人循着白雪的踪迹，找到了“懒人”家的小木屋。如此圣洁、如此安静、如此完美、若处子一样的白雪将他彻底震撼。“懒人”家的小木屋成了热闹的雪乡唯一一个被完整保存的雪地院落，成为绝景，游客纷至沓来。这时候，人们才恍然明白，“懒人”实则不懒，他只是智慧地与雪融为一体。

“懒人”姓阎，在“懒人”家的院子里，我没能见到他，听说这几天，他又独自一个人跑进林海雪原里去了，他想看看，雪落在一个完全没有人迹的地方，会形成怎样的景致。也许，明年去雪乡的人，能在他家的院子里，欣赏到另一幅自然飘落、天然形成的雪景。

走出“懒人”家的小木屋，到处是热闹的游客、疾驶的雪地摩托，汪汪叫的拉雪橇的狗们、叫卖土特产的高音喇叭声，以及空气中弥漫的马粪的味道。盛名之下的中国雪乡，据说每年要接待几十万游客。热闹的雪乡，正在一点点失却它固有的安静和冷艳的韵味，“懒人”家小木屋顶上的雪安静而无奈地注视着这一切。

请关上你的门

朋友的一位老年亲戚生活在美国，住在芝加哥一座名叫“橡树”的老年公寓里。一次，朋友去美国旅游，顺道去看望这位亲戚。多年未见，两人相谈甚欢。朋友和亲戚一边抽着国产烟，一边用浓重的乡音闲聊着家乡的变化和人事。老人耳朵不大好，所以，朋友尽量大声说话。屋内烟雾缭绕，恐对老人身体有害，朋友便将房间的窗户和门都打开了，以便空气流通。老人见状，赶紧又起身将房门关上了。朋友以为是老人担心烟雾飘散到走廊上，影响其他住户，老人却解释说，除了不让烟雾飘散出去外，还有一个原因是咱俩的谈话属于个人隐私，不便让别的老人听到，而之所以关上门，既是保护自己的隐私，也是尊重他人，以免别人被动地看到或听到自己的隐私。

朋友大惑不解，只听说美国人特别注重保护个人隐私，不窥探别人的隐私，是对他人的尊重，没想到，有意识地不让自己的隐私暴露在他人面前，竟然也是一种尊重。老人已经在美国生活多年，他说，以前的很多习惯都不得不改了。例如，过去住在国内的筒子楼里，每当家家做饭的时候，楼道里就弥漫着各种饭菜的味道，从一家窗户直接就飘进了另一家窗户，谁家做什么吃的，香的辣的酸的苦的，一闻便知，这一度甚至被认为是和谐的邻里关系。可是，你家的饭菜的味道，不请自来地飘进别人的家里，却可能影响了他人的生活。所以，现在做饭的时候，他都是将厨房的窗户关严，而让气味都从烟道里排出去，绝不影响到左邻右舍。

听了朋友的讲述，我们都唏嘘不已。关上自己家的门，原来不仅是为了保护自己的隐私，还有更深一层的意味，是出于尊重别人的目的。关上门，这个小小的动作，也是一种尊重呢。

这些年，我们的生活也在不断进步，我们曾经袒露无遗的生活慢慢地有所改变，我们也懂得了隐私，并开始尝试着保护自己的隐私。可是，我们又被另一种现象困扰，那就是，很多时候，我们不得不被动地目睹或倾听着别人的隐私，并因为无意间遭遇了别人的隐私而无比尴尬。

经常在公众场合听到一群人毫无顾忌地大谈自己的私生活，那些本与你毫无关系的私密细节让你脸红心跳，浑身不自在。有一次，在火车上，两个年轻人大声地交流着各自的恋爱经验，谈到兴处，两人甚至当众谈起了与女朋友在一起交欢的感受。坐在他们身边的一个女孩子羞得满脸通红，好像是她做了什么亏心事一样，而坐在对面的一个花白了头发的老人，更是忍无可忍，索性站起来到另一节车厢去找座位。

这样的事例，身边有很多。

我原来居住在一个老式的居民楼里，一层四户人家，共用一个通着的走廊，谁家的门要是敞开着的话，家中情景便一览无余。每到夏天，因为天气炎热，很多人在家里只穿着极少的衣服，走来晃去。这是他的私事，本无可厚非，可是，有的人为了室内串风，故意将大门敞开着，这样，从他家门口经过时，无意间的一瞥，就会看到很多不堪的一幕。为了避免看到不应该看到的，从通道上走过的人都只好夸张地将脸扭向另一侧，弄得经过通道如入他人的卧室。

大街上，不时会看到裤子拉链忘记拉上的男人招摇过市；商场里，不时会遇到穿着花花绿绿睡衣的女人兴高采烈地闲逛；马路边，不时会碰到对着一棵行道树就解衣方便的男人；办公室内，不时会听到三三两两的女人围聚在一起旁若无人地谈论闺房私密；网络上，不时会见到有人如数家珍地将自己的情爱野史公开晾晒……凡此种种，堂而皇之地将自己的隐私暴露在大庭广众之下，让无辜的他人因无端地“窥探”到别人的隐私而难为情，而面红耳赤，而无地自容，情何以堪?

朋友那位亲戚说得好，有时候，打开一扇门，是好客；而关上你的门，则是出于对他人的尊重。唯有懂得尊重别人的人，才值得别人尊重。

三叔和他的老水牛

长假回乡，探望三叔。

村子出奇地安静。偶尔看见一两个孩子坐在家门前做作业，小狗听话地匍匐在桌子边，看见我这个异乡人，只是好奇地抬起头，张望，摇着尾巴，却一点没有吠叫的意思，似乎连它也觉得村子过于寂寥了，看见一个人影，哪怕是陌生的，也充满了好感。

三叔正在屋前的场子上摘花生，看见我，很高兴。我也蹲下来，陪三叔一起摘花生。花生上的土已经晒干了，拎起花生茎，往地上掼一掼，一颗颗饱满圆润的花生便纷纷从茎叶上剥落下来，面前的花生已经堆成小山一样。三叔笑着说，今年年成不错，光花生就能有上千斤的收成。三叔几年前生了一场大病，至今每年还要去医院化疗。我嗔怪他："身体不好，就不要种田了。"三叔抖抖手中的花生："你瞧瞧，这一株上就结了多少果？这一茬花生，我都没花什么心思，没费什么力气，就有这么好的收成，差不多随便往地里撒点种子，就有想不到的收成，这样乖巧的土地，你舍得将它荒废了？"三叔自言自语，"不能，当然不能。"三叔告诉我，几个堂兄和村里其他的青壮年一样都外出打工了，村里的地都是他这样的老头老太在种，有的人家没有老年人，只好抛荒。真可惜啊。三叔连连摇头，站起来，将手中的几株花生茎叶扔到拴在一边的老水牛边。老水牛舌头一卷，将花生茎吞入口中，慢条斯理地咀嚼着，厚厚的嘴唇两边泛起白沫。

我诧异地看着老水牛，问三叔："不是听说村里都机械耕种了吗，你怎么还养牛啊？"我知道，在农村，一户人家养一头水牛很不容易，以前都是好几家合伙养一头牛，需要耕地时，轮番耕种，平时几家轮流饲养。三叔叹口气，这头牛以前也是三家合养的，后来，一户人家买了拖拉机，不需要老牛了；另一户人家，儿子媳妇和孙子都在城里打工，老两口都快八十岁了，种不动地了，除了还种点口粮田，其他的地都闲着抛荒了。三叔站起来，走到老水牛身边，解下拴在桩上的牛绳，对我说："到了给它放风的时间了，陪我放放牛去吧。"说着，一手牵着牛往前走，一边回头继续跟我说，"人家都劝我将牛拉到屠宰市场卖了，也能卖个两三千元，买个拖拉机回来，可我舍不得啊。"

老水牛头犟到一边，要卷吃路边地里的青菜，三叔返身拍拍老水牛的屁股，老水牛甩甩尾巴，像个做错了事的孩子，低头往前走。三叔说，村里连它在一起，只有三头半牛了。怎么还有半头牛？三叔解释说，有头牛已经太老了，旱地还能勉强犁一犁，水田根本拖不动了，只能算半头。三叔叹口气，村里已经好多年没有小牛犊了，这几头牛都死了以后，村里怕是再也没有牛了。

小时候，我也是骑在牛背上长大的，放学之后，就是帮生产队放牛。不敢想象没有水牛的村庄，那些总喜欢围着老水牛奔跑的小黄狗们该多么寂寞。

路边的庄稼地里，一位大娘在锄草，看见三叔，艰难地直起腰。“放牛呢？”她说。三叔嗯一声：“锄草呢，累了就歇歇吧。”大娘弯腰将地里刚锄的青草抱起来，扔到老牛的面前，老水牛兴奋地嚼食起来。三叔问：“二小子他们有信吗？”大娘点点头：“前几天打电话回来说，他在厂子找到活了，工资两千多呢，还让孙子也赶紧去。这不，过几天，小孙子也要进城找他爹了。”

他们在聊，老牛在吃草。我漫无目的地往前走。收割过的田野，裸露出黄褐色的土地，几乎不见人影。我想起三叔的话——“只要随便撒一把种子，它就能给你长出庄稼来。”可是，已经没有几个人愿意侍弄它了。回头看见，夕阳下，三叔、大娘和老水牛的影子，被拉得很长很长，在他们身后，是安静的村庄，几户人家的烟囱冒着青烟，很细很细，很快就弥散在空气中。

成功是差一点失败

天宫一号发射成功之后，在接受记者现场采访时，一位卫星发射中心的总指挥谈及自己当时的感受，没有太多的激动，甚至从他脸上看不出多少成功后的轻松和喜悦，他只是镇定地回答记者："成功是差一点失败，失败是差一点成功。"

说得太好了。没错，离成功最近的，常常是失败；而离失败一步之遥的，往往就是成功。

在一场激烈的NBA球赛中，火箭与国王两强相遇。第一节，火箭队以35：20的大比分，拉开了序幕，这让与国王队角逐一直胜少败多的火箭队，看到了希望。第二节和第三节，火箭队依旧保持着强劲的领先优势。然而，第四节一开场，国王队就发起了强悍的反击，一度打出了8：0的高潮，这让火箭队冷汗直冒。国王队趁胜追击，在离比赛结束只有24.1秒的时候，以87：86反超比分。国王队胜利在望。

火箭队控球。24.1秒，恰好可以完成一次投篮。最后时刻，球传到了诺瓦克手中，还有不到3秒的时间了，必须出手。被逼在三分线外的诺瓦克一边运球，一边寻找突破的机会。出现了一个空档，诺瓦克起身、弹跳、投篮，篮球画出了一道优美的曲线，奔向球筐。在NBA球员中，诺瓦克的三分线命中率算是高的，达到了46.7%，但也仍然只有不到一半的成功率。这一次，幸运的诺瓦克的三分球进了！时间定格在最后的2.5秒。火箭队以2分反超。关键时刻，一记漂亮的三分进球，将差一点失败的火箭队再次引领至胜利的时刻。

不过，对国王队来说，最后的2.5秒也仍然有翻盘的机会，最后一秒钟反败为胜的经典案例，在NBA球场上从来就不少见。也必须投进一个三分球，国王队才能取胜。国王队打了一个战术配合，将希望寄托在“三分王”阿泰斯特身上。压着全场比赛结束的哨音，阿泰斯特纵身将篮球稳稳地向篮筐投去。如果球进了的话，国王队将以90：89战胜火箭。如果不中的话……很不幸，篮球在篮筐里打了几个转，竟然意外地弹了出来。球没进。这样，差一点成功的国王队，以2分之差惜败。

差一点失败的火箭队，坚持到最后，成功了；而差一点成功的国王队，最终却功亏一篑，失败了。成功和失败，就在那短暂的几秒钟之间，交替、转换、更迭、变幻，让人眼花缭乱。

我有一位朋友是一个登山爱好者，迄今为止，他已经征服了差不多全世界所有的高山，包括世界最高峰珠穆朗玛峰。他一共参加了68次登山运动，其中成功登顶22次，失败46次。他感慨说，失败的46次，其实都差一点就冲顶成功了，却因为种种原因，最终失败；而成功登顶的22次，每一次也都是差一点就失败了，有时候是因为体力差一点不支，有时候是因为装备差一点出纰漏，有时候是因为天气差一点变恶劣，有时候则是因为自己的精神差一点崩溃。每一次，他都差一点就放弃了，而放弃，就意味着彻底失败。在我的朋友看来，坚持、不放弃，是他每一次成功登顶所共有的特质。

真正的成功者并不自骄自傲的原因在于，他深知自己的成功其实是奠定在无数次失败的基础之上的，他的成功从来就没有远离过失败。而如果你颓丧地认为自己总是一个失败者，我要告诉你，你离成功也许只是一步之遥，只差那么一点了。别以为一个成功者和一个失败者之间有多大差距，他们的距离往往只是差那么一点点。

别人家的……

接生婆将刚刚出生的我双腿倒立地拎起来，嘴里嘟囔着："这孩子，哭得没别人家的娃响亮。"说着，抡起巴掌，狠狠地在我的屁股上扇了两下。"哇——哇哇——"如其所愿，我大声啼哭起来。听到我哭声的人，这才都笑了。

满月那天，爷爷奶奶外公外婆婶子阿姨们都来了，我第一次见到了这么多亲人。他们一个个逗我笑，可我饿了，想喝奶，急得直哭。他们有点失望地说："别人家的孩子，这么大早会笑了，他咋只会哭呢？"

抓周的时候，我高兴得满地乱爬。奶奶看着我，担忧地说："别人家的孩子都会走路了，咱家的孩子怎么只晓得满地爬呢？"

两周岁的时候，妈妈捧着我的脸，深情地看着我说："喊妈妈。"我张张嘴，呀呀了两声。妈妈很失落，叹了口气："别人家的孩子都会唱歌了，你怎么连声妈都还不会叫呢？"

六岁的时候，爸爸让我背上书包，将我送进了学校。在学校门口，爸爸叮嘱我："别人家的孩子都已经认得几百个字了，你要好好上学，追上他们。”

第一次考试。见到我的成绩单，爸爸一巴掌扇了过来，愤怒地吼道：“别人家的孩子考了100分，你为什么只考了98分？”

每次我不听话，妈妈都会拧着眉：“别人家的孩子多乖啊！”

每次我淘气，妈妈都会长吁短叹：“别人家的孩子多懂事啊！”

每次我犯错，爸爸都会让我饱餐一顿皮肉饭，边揍边骂：“别人家的孩子多省心啊！”

14岁，我考上了一所普通中学。送我去学校报到那天，父母灰头土脸，因为别人家的孩子上重点高中了。

我看电视，妈妈苦着脸说：“别人家的孩子可都在学习呢。”

我玩游戏，妈妈皱着眉说：“别人家的孩子从来不玩物丧志。”

我发呆，妈妈叹着气说：“别人家的孩子绝不会浪费时间。”

18岁，我暗恋上了一个女孩子，父亲将我一顿臭骂：“别人家的孩子，哪个像你这么早就跟个花痴似的。”28岁，父母不停地给我打电话：“别人家的孩子都结婚生子了，你怎么还一点动静没有，想急死我们啊？今年不谈个女朋友，别回来过年！”

结婚之后。从此，老婆有几句话就常挂在嘴边了：“你瞧别人家的老公，多浪漫啊，送给老婆999朵玫瑰；你瞧别人家的老公，不抽烟不喝酒，工资都是全交给老婆的；你瞧别人家的老公，下班就回家，会做一手好菜；你瞧别人家的老公，又升职了，哪像你这么没出息……”

是啊，我处处比别人慢半拍：我好不容易从棚户区搬进了高层建筑，可别人家的回到地面住别墅去了；我蹬破自行车的时候，别人家的买了摩托车，我刚买上摩托车，别人家的又玩上了汽车，我也贷款买了辆小排量的汽车，结果油价飙升得人心惊肉跳，还三天两头被堵在外环路上；别人家的炒房赚了，我炒股被套了；天上掉下来的，如果是馅饼，总是落在别人家的院子里，如果是铁饼，总是不偏不倚砸在咱的头上；最可气的是，你瞧瞧别人家的孩子，多听话，多懂事，多聪明啊，考试总是拿第一，不是当班长，就是做学习委员，哪像咱家的孩子，调皮、捣蛋、淘气、不爱学习，让人伤透了脑筋，操碎了心，隔三差五还要被老师喊到学校去训话。儿子不乐意了，杵了我一句："你咋不说别人家的爹个个比你有能耐呢，别人家的爹升官的升官，发财的发财，出国的出国，你活了这么一大把岁数，怎么什么也没有呢？"听了儿子的话，我半天没缓过神来。

退休回家了。别人有的，诸如金钱、地位、名声，我都没有；别人没有的，例如高血压、关节炎、老花眼、风湿病什么的，我却都有了。我这一辈子，咋就活得这么憋屈呢？

80岁，这是我期望的最高寿命。那天，我终于熬不下去了，两腿一蹬，走了。别人家的老头子都为子孙留下了丰厚的遗产，我却连半块砖瓦也没留下，我对不住我的子孙啊。回头我看见，为我送行的长长的队伍都是由别人组成的，大家面色凝重哀伤，我却忽然乐了：我在你们的影子下，为别人活了一辈子，今天终于可以解脱了。

我化作烟尘，呼啸而去，人们仰头看着火葬场高大的烟囱冒出的滚滚浓烟，感叹说："这个老头子，一辈子总算比别人家的快了一回。"

生活需要停一停电

停电了！

整个小区一下子陷入黑暗之中，像一栋栋竖起来的积木一样，只有一两个窗户漏出微弱的烛光。

不时有人从楼梯洞口摸索着走出来，楼下很快就聚集了不少人。四周看看，连小区边上的路灯也灭了，看样子，停电的区域不小。有人说是小区边的变压器出故障了，有人说恐怕是整条线路出了问题，有人猜测是不是电又不够用，拉闸了？牢骚声渐起。

只有孩子们来回奔跑，呼朋唤友，好像他们早就认识似的。一个站在大人堆里的女孩子，犹疑地一会儿看看她的妈妈，一会儿扭头看着游戏的孩子们。女人身边的男人说："你去和他们玩吧，别跑远了。"女孩欣喜地答应着，转身向孩子群里跑去。

一个中年女人嘀咕着："电视看得真起劲，突然停电了，也不知道他们两个到底能不能成？"边上另一个女人搭茬道："你看的是某某剧吧，我也天天看的。"中年女人郁闷地说："今晚剧情最紧张了，这下电停了，电视也没得看了，真让人揪心啊。”

一个年轻女孩站在一边打电话，声音很大：“真的不是我逃跑，是我们小区停电了，我才不得不下线的啊。又要被扣分了吧，真倒霉。好的，等会儿电一来，我就上线，继续陪你们玩啊。”

一个男人也在打电话，声音更大：“我正在网银转账给你，突然停电了，你说可不可气。你有没有收到我的电子邮件？还没有啊？那我待会儿再给你发一遍。你说，停电了，我的网银会不会自动关闭啊，别让人把我账上的钱乘机都给转走了，那可就惨了。不会啊，你确定吗？那我就放心了。”

电还没有来。

牢骚声渐渐小下来。一个女人对男人说：“孩子的作业还没做呢，你还是去想办法买几根蜡烛回来，让孩子赶紧回家做作业吧。”有人插嘴说：“一个晚上不做作业有什么关系，就当给孩子减减负喽，再说，也不是孩子偷懒不做作业，是停电了，做不了嘛，大不了明天我们在孩子的作业本上签个字。”这个声音立即得到了众人的附和：“对，今晚就给孩子放次假，让他们疯玩一晚。”

话题从小孩的教育谈起，又慢慢扩散开，原先站得比较散的人慢慢地聚拢来。有人将话题扯到了股票上面，引起叹声一片；有人又将话题拉到了房价这边，引发了一阵骚动。扯着扯着，不知道谁又将话题转到了叙利亚危机上，男人们炸开了锅，慷慨激昂，表达着各自的态度，偶尔还争得面红耳赤。女人们对这个话题显然没什么兴趣，不过，她们从来不愁自己的话题，一个年轻女人轻松地就将话题扯到了小区边那家新开的美容店上。

有个小区物业的人走过来，向大家解释停电的原因，告诉大家，再有个把小时，电就会来了。有人哦一声，继续着各自的谈话，好像电来不来，什么时候来，变得并不重要了似的。

一个人忽然惊讶地对另一个人说：“你是在某某单位上班的吧？我有次上你们那儿办事，好像还是你帮我说的话，事情才办成了。原来你也住这个小区啊。”另一个人说：“我住这儿都三年多了，你住哪一幢楼？”两个人互相指指自己住的楼，竟然是同一幢，只是不同的单元。世界太小了，太小了。两个人激动地从口袋里掏烟，互相敬一根，互相点着。烟蒂的微光，在黑暗中闪着亮光。

忽然，有人惊喜地喊道：“快看，天上那么多星星。”大家闻声抬起头，高空之中，一簇一簇的星光眨着眼睛。很久没有抬头看天了，很久没有看到这么多星星了。一个中学生模样的男孩解释说：“平时我们地上的灯光太多太亮，站在亮处，就看不到天穹上的星星了，而今晚，因为我们的周边没有什么亮光，于是，天上的星星就显得特别明亮、特别耀眼了。”

有人鼓掌，很快，更多的掌声响起来。是为这聪明的男孩，还是为了这个没有电的夜晚？

电还没有来，电很快就会又来了。在这个难得的夜晚，让我们把脚步慢下来，把心静下来，和邻居随便聊几句吧。有时候，停一停电，我们才会让心回到身边，回到简单而淳朴的生活之中。

但我仍然相信

熟人开了一家网店，盛情邀我去看看，并许诺，如果有什么中意的，一定以成本价卖给我。我去浏览了一下，并挑选了一件商品。熟人果然以低于标价的三分之一卖给了我。感动不已，熟人就是熟人啊，一下子让利近百元。几天之后，办公室同事也在网上购买了一件，与我的一模一样，而价格只有我的一半，最让我郁闷的是，同事购买的网店，正是我的熟人开的那家。我明白，我被熟人宰了。刀宰熟客，我已经不是第一次被熟人宰了。我再也不相信熟人了，但我仍然相信友谊，我相信这个世界上，人与人之间，一定还有真友谊在。

我乡下亲戚家的小孩患有大头症，孩子瘦弱的身体顶着一颗大大的脑袋，一点也不相称。一查，是小孩子喝的牛奶里有三聚氰胺。在我的家乡，因为贫穷，很多小孩喝不起贵的牛奶，就喝那种便宜的，谁知道，便宜的牛奶里搀了很多化学品。我的亲戚家并不富裕，但担心小孩子喝到不好的牛奶，伤了身体，所以，他们宁愿省吃俭用，也要给孩子买贵一点好一点的牛奶，没想到，这样的牛奶里，还是有三聚氰胺。其实，我们吃的喝的食物，有几样是安全的放心的？我再也不相信牛奶了，但我仍然相信奶牛，我相信这个世界上，一定还有奶牛吃的是干净的草，挤出来的是纯净的奶。

出差到某个城市。刚出火车站，遇到一个背着孩子的青年妇女，穿着很干净，讲话也很得体，她略带羞涩和忧伤地对我说，她的钱包被人偷了，她和孩子已经两顿没有吃饭了，希望我能帮她一把，给她和孩子买几个馒头吃。孩子趴在她的背上，已经睡着了，或者是饿昏了？我毫不犹豫地掏出口袋，拿出一张百元钞给她。她意外而感激地接受了，连声道谢。我问她，钱够买回家的车票吗？她连连点头，表示马上就去买票回家。等我第二天办完了事，回到火车站的时候，惊讶地发现，那个背着孩子的青年妇女正在广场上，向一名刚下火车的旅客诉说着什么。我凑近一听，和对我讲的完全一样。我霎时明白了，这是她的行乞手段啊。我被骗过很多次，一次次上当，我再也不相信骗子的花言巧语了，但我仍然相信，这个世界上一定有人真的遇到了困难，需要得到帮助。

身体有点不舒服，去一家医院看病。医生在简单询问了我的情况后，给我开了一大堆检查单，包括血检、尿检、B超、心电图、CT、内窥镜、核磁共振等等。检查结果显示，一切都正常。医生又让我第二天去挂个专家门诊。专家看了我的各种检查单后，摇摇头，说这些都是昨天检查的，需要再检查一次。于是，专家又开了一大堆检查单，包括血检、尿检、B超、心电图、CT、内窥镜、核磁共振等等。检查结果仍然是一切正常。专家摇头晃脑地说：“什么都正常，你却感到不舒服，说明问题很严重。”于是，专家又请来了其他各路专家，包括肝胆专家、肠胃专家、妇科专家、心理专家、养生专家等等，对我进行会诊。会诊的结果是我可能患了前列腺转基因情绪转移性缺失症，需要住院治疗，预交住院费两万元。我没理会这些专家的话，回家好好睡了一觉，就完全康复了。我曾经被太多的“砖家”砸伤过，我再也不相信所谓的专家了，但我仍然相信这个世界上一定有真的科学。

是的，这个世界上，让我不相信的东西越来越多。因为我最欣赏的一对恩爱夫妻，被我看见男的在老婆住院期间，挽着一个年轻女子走进宾馆的大门，我再也不相信忠贞了；因为一些法官贪赃枉法，我再也不相信法官了；因为一些慈善机构肆意挥霍善款，我再也不相信机构了……但我仍然相信爱情，仍然相信法律，仍然相信良知和善心。

不相信，是因为一次次被欺骗、被伤害、被羞辱，而之所以仍然相信，则是因为，我相信这个世界上，真善美仍然是存在的，它是一种内在的力量。我不相信天堂，但我相信有天使；我不相信有奇迹，但我相信我们能够创造奇迹。

而天使创造的最大的奇迹就是，即使今天，我们仍然相信。

如果一个人变成了蚂蚁

人类的生活太让他失望了，尔虞我诈，勾心斗角，争权夺利，六亲不认……这一切，都让他心灰意懒。他想，要是能不做人，哪怕是一只动物，也比现在强啊。

没想到，一眨眼，他真的变成了一只蚂蚁。

太好了，除了体形忽然变得这么渺小，让他有点无所适从之外，他感觉舒坦多了，再也不用瞧别人的脸色了，再也不用仰别人的鼻息了，再也不怕别人在背后拿刀捅自己了。真是爽极了！

他（也许该用它？）翻过一座高山（一块土疙瘩），趟过一条长长的河流（谁吐的一口痰），找到了一群蚂蚁。他兴奋地和它们打着招呼，兵蚁们用触须碰碰他，确信他属于这个蚁群后，便顾自忙碌去了。没有欢迎仪式，甚至没有客套，这让他稍稍有点失落。不过，蚂蚁王国井然有序的壮观场面，使他很快就忘记了这点小小的不愉快。和眼前这些穿梭奔竞的蚂蚁们相比，人类简直一无是处，他以赞叹的眼光注视着眼前来来回回一刻不停地奔跑忙碌着的蚂蚁们。

他悠闲地踱着方步，将蚂蚁王国巡视了一遍。到处都是忙个不停的蚂蚁们，除了蚁后。蚁后安静地躺着，享受着蚂蚁们周到体贴的服侍，除了繁育下一代，蚁后似乎什么也不用做。他本来想向蚁后自我介绍一下的，却被兵蚁挡住了。他郁闷地退了出来。他想找一只蚂蚁聊聊，可是，所有的蚂蚁都在忙着，谁也没有时间停下来听他闲话。而且，所有的蚂蚁看起来都表情平静，没有任何怨言。有几只蚂蚁看到他无所事事，过来问他："你是一只工蚁，怎么不去干活？"他支支吾吾，谎称自己有点不舒服。几只蚂蚁安慰他几句，就又各自忙去了。他找到一片树叶躺下来，树叶在风中晃荡，就像一只摇篮，非常舒服。

忽然，他感觉有点饿了，正琢磨着到哪里去弄点吃的，抬头看见一只蚂蚁，正吃力地向蚁巢方向搬运着一粒黄豆。他走过去，对那只蚂蚁说："我来帮你搬。"那只蚂蚁想都没想，就将黄豆丢给他，返身又去找新的食物了。真是一只傻蚂蚁啊，竟然这么好骗。他慢慢地啃着黄豆，又脆又香。小半粒黄豆下肚，就饱了。有点渴，现在要是有杯可乐，那就更美了。正想着呢，一只肚子圆滚滚的蚂蚁走了过来。他向它打探哪里有喝的，那只蚂蚁一听，毫不犹豫地将嘴巴伸向他，接着，一股甘露从蚂蚁的嘴巴涌进他的嘴里。蚂蚁对他说，它刚刚在前面发现了一大块蜂蜜，很多工蚁都去搬运了，让他也赶快去。他胡乱地点点头。

看见工蚁们忙碌的身影，他的脑海中涌出了一个绝妙的主意。他先在地上画了个圈，表示这是自己的地盘，然后走到路上，拦住了一队正在将一只死蝴蝶搬运往蚁巢的蚂蚁，对它们说："你们将蝴蝶搬到我家去，我奖励你们吃黄豆。"蚂蚁们诧异地看着他，说："我们蚂蚁干活从来都是心甘情愿的，没有过奖励，这合适吗？"他笑了，说："有什么不合适的。"在他的撺掇下，那队蚂蚁迟疑地将蝴蝶搬运进了他的家，他分给了它们一小块黄豆。他对它们说："请转告其他工蚁，只要将食物搬到我这儿，我都有奖励。"他的话很快在蚂蚁中间四散传开，没想到搬运东西还有可口的黄豆奖励，一队队工蚁改变了方向，将它们正在往蚁巢搬运的食品和物品都搬到了他的家。他将其中的一小部分拿出来奖励给它们。

不一会儿，他画的圈子里就堆满了食物和各种各样的物品。他又对工蚁们说："现在，你们帮我筑一个蚁巢吧，这些食物就是你们的了。"工蚁们一听，快活地忙开了，更多的工蚁闻讯赶来，加入建设大军。很快，一个宏伟气派的新蚁巢就建成了。

这时，一只强壮的兵蚁带着一队兵赶过来了，他是奉蚁后之命来查封他的。工蚁们都吓得低下了头。他走到兵蚁的面前，附在它的耳边说："你如果跟从我，我封你做我的副科级侍卫官，怎么样？"兵蚁犹豫了一下，突然振臂高呼："坚决拥护新蚁后！谁不拥护，杀无赦！"很多蚂蚁都举起了手臂，黑压压一片。

虽然投奔他的蚂蚁越来越多，但与蚁后几十万的蚂蚁大军比起来，他的队伍还是显得孱弱不堪，而且，听说蚁后正在组织精锐的兵蚁队要来剿灭他。于是，他派遣一只能说会道的黑蚂蚁，潜回蚁后的老巢。黑蚂蚁对它的老朋友灰蚂蚁说，蚁后和最帅的那只兵蚁有一腿。灰蚂蚁半信半疑地将这个消息告诉给自己的好邻居黄蚂蚁；黄蚂蚁又神秘地告诉给自己的同学蓝蚂蚁……不到一分钟，消息在整个蚁群传开，蚂蚁们愤怒地奔走相告，各种谣言四起，蚁心惶惶。

他觉得时机已到，呼吁蚂蚁们推翻蚁后的统治，蚂蚁们纷纷响应。蚁后仓皇逃跑。他占领蚁巢，成为新蚁后。

为了巩固政权，他突击提拔了一批心腹蚂蚁。为了得到他的青睐和重用，蚂蚁们向他献媚、讨好、行贿，并不失时机地攻击、诅咒其他蚂蚁。蚁巢外面更是一派热闹景象，蚂蚁们三五成群，交头接耳，四处奔走。不过，它们不是去搬运物品，而是在忙着别的什么。

他最信赖的一只蚂蚁不断向他密报：有蚂蚁私藏粮食，有蚂蚁消极怠工，有蚂蚁拉帮结派，有蚂蚁争名夺利，有蚂蚁谣言蛊惑。最可怕的一条消息是，副科级侍卫官正在密谋造反，已经带人杀到了蚁巢外面……

怎么才这一会儿，蚂蚁世界就变得如此混乱、肮脏、丑陋了呢？怎么这么像自己以前生活的那个世界？他吓出一身冷汗，睁开了眼睛。他醒了。

只是做了一个梦。他自嘲地笑笑，挠挠头皮。他想，如果一个人真的变成了一只蚂蚁，那会是人的不幸，还是蚂蚁的悲哀呢？

很难说。

生命通道

前面又堵车了，远远望去，高速公路上已经排起了一条长龙。

也不知道是修路，还是出了事故，两条车道上，一辆接一辆车，堵得严严实实。他焦急地扫了后视镜一眼，后面不断有车跟上来，也很快排起了长龙。表哥开的那辆车在他的前面，不知道是不是也被堵住了，因为他的车里堆满了行李，他的儿子和父母都坐在表哥的车上。他拨打了几次表哥的手机，竟然关机了，也许没电了？

他将车子熄了火。忽然，在他的右侧，一辆小车缓缓地从硬路肩开了过去。他前面的一辆车见状也方向一打，挤进了硬路肩，向前挪动。他犹疑着是不是也将车开进硬路肩，他知道硬路肩是紧急通道，不允许占用的。

又一辆小车从后面的硬路肩驶过来，往前开去。

犹豫了一下，他终于忍不住将车发动，方向盘向右一打，插进了硬路肩，跟在其他车后面，慢慢地向前移动。越过了一辆车，又越过了一辆车，看着行车道上被堵住的车，他忽然有些得意地看了一眼坐在副驾驶座上的妻子，也许，抄个近道，就能不被堵住，开过去了。

忽然，身后传来一阵警笛声，他从后视镜里一看，坏了，是一辆救护车。这样看来，前方一定是出事故了。他想将车往行车道里靠，以让后面的救护车开过去，可是，行车道上的车一辆紧挨着一辆，一点空隙都没有，他只得跟在前面的车后，缓慢地向前行驶。呜啦呜啦的警笛声，响得他心烦意乱。

又往前开了几十米，前面的车突然停住了，他意识到，硬路肩也被堵牢了。紧跟在他后面的救护车，无奈地闪着蓝色的警灯。

他从后视镜里看见，几个穿着白大褂的医生走下了救护车，抬着担架，拎着急救包，向前小跑。路上挤满了车，他们抬着担架，艰难地向前穿行。

很多人都走下车，向前张望。有人在议论，前面出大事故了，一辆小轿车一屁股追尾钻进了前面的大货车下，据说，车上还有个小男孩……

他的心“咯噔”一声，小男孩？他赶紧掏出手机，拨打表哥的电话。该死，还是关机！他感到一股热血直喷脑门。他对妻子说：“你留、留在车上，我、我跑到前面去看、看看。”说完，打开车门，向前奔去。

一路上全是车，连硬路肩都挤得满满的，根本跑不快。遇到几个交警，在试图将硬路肩上的车挪开，可是，水泄不通的高速公路上，已经没有了一丁点腾挪的空间。他愤怒地骂娘，也不知道骂谁。

有人站在路边打电话，他断断续续地听到几个字，好像是说，几个人都不行了……

他的喉咙一阵阵发干，头上冒出冷汗。

终于，他跌跌撞撞地跑到了前面的事故现场。围着很多人，他扒开人群，挤了进去。

第一眼他就看见了事故车旁边躺着一个小男孩，看不清小孩的脸，一个中年人正在拼命地为小男孩做着人工呼吸，小男孩的旁边，一滩鲜血在缓缓地扩散。

他的眼前一黑。他没有看清小男孩的脸，但这个中年男人的背影，他认识，正是他的表哥！难道，难道……

他扑过去，在小男孩身边“扑腾”跪了下来：“表哥，这、这是怎么啦？没、没事吧？你是医生，你快、快救他！”

中年男人直起身，无奈地摇摇头，沙哑着声音说：“孩子已经没救了。”

从表哥的胳膊下，他看到了小男孩苍白的脸，他呆住了。

不是他的儿子！

几个穿着白大褂的医生，抬着担架，喘着粗气，赶了过来。表哥对医生说：“太迟了，孩子已经没了。”

他缓过神来，急急巴巴地问表哥：“那我儿子呢，爸妈他们呢？”

表哥指指后面说：“他们没事，都坐在车子里。”表哥喃喃地说，“我没有任何药物，我救不了他啊。医生要是能早点到，或许还有希望，可是……”

他找到了表哥的车，儿子和父母都安然地坐在车里。

低着头往回走，他忽然泪流满面。他没敢再看那个小男孩一眼，他觉得自己就是个丑陋的帮凶，就为了往前挤那么一点路，他也残忍地堵住了生命的通道。

母亲的潜能

同事小陈刚刚做妈妈不久，脸上洋溢着遏止不住的幸福神情。每隔几天，她就会往自己的网络空间里上传几张宝宝的照片。宝宝长得虎头虎脑，煞是可爱。每张照片，还都起了个充满诗意的名字。如有张照片，标题是《宝宝的白日梦》，宝宝趴在枕头上睡着了，印花枕头上的碎花像是满天的星星。还有一张，取名《手指的滋味》，宝宝斜躺在沙发上，一只手含在嘴里，正有滋有味地吮吸着呢，大大的眼睛眯成了两条细缝，很陶醉的样子。照片构图巧妙，灯光恰到好处，最关键的是，捕捉到了宝宝最可爱的瞬间，一看就是专业水准。然而，让我们绝没有想到的是，这些照片竟然是出自小陈之手。这怎么可能？从来没听说过她会拍照片啊。记得以前单位集体旅游，她是从来不带相机的，她说自己对机械的东西很笨拙。

小陈脸红红地说，真的都是自己拍的。宝宝出生后，为了记录下宝宝的一举一动、一笑一颦，从来没有拍过照片的小陈，开始学起了照相。为了拍好照片，她还特地让丈夫买回了专业的单反相机。与我们平时用的傻瓜相机比，这可是真的机械的家伙。对照着书本，几天下来，小陈就基本摸清了照相机的门路。很快，什么用光啊、对焦啊、构图啊，这些摄影的基本问题都一个个迎刃而解，拍出来的照片，效果也是越来越好。开始的时候，连她自己都不敢相信，这些照片出自自己之手。几个月拍下来，小陈已经很有些摄影师的范儿了。

有一个问题，我们还是难以相信，她怎么就能捕捉到那么精准的瞬间、那么生动传神的表情呢？小陈笑着反问我们，还有谁比她更了解自己的宝宝？每位妈妈的眼睛其实就是最好的快门，如果妈妈们都拿起照相机的话，每个妈妈都一定是孩子最好的摄影师。

“妈妈的眼睛就是最好的快门。”她的话让我豁然开朗，是的，还有谁比妈妈更了解自己的孩子？而在伴随孩子成长的过程中，妈妈的潜能也是慢慢挖掘、升华起来的。

上个月，接到一位老乡的电话，说他的妻子要到杭州来，陪孩子参加艺考，他的女儿报考了一家高校的艺术专业，专业课要提前考。老乡的妻子我们也是认识的，一个典型的家庭妇女。接到老乡的妻女后，将她们安顿好。第二天，孩子去考试了，我和妻子陪她在考场外等待，闲聊起来。她告诉我们，孩子从上幼儿园开始就喜欢写写画画，他们就有意培养她学习绘画，开始是在少年宫学，每周两节课，都是她陪同接送的。后来，孩子的绘画水平有了提高，他们又花大价钱给孩子请了家教，直接到老师的画室上课。她说，这些年，她都是陪着孩子在画室度过的，为了给孩子开阔眼界，她还到处陪孩子看美展，参加各种各样的美术比赛。讲到孩子和绘画，老乡的妻子似乎有说不完的话题。她朝考场里幽幽地望了一眼，叹口气说：“孩子特别喜欢克里姆特和莫奈的画。她的绘画基础不错，就是色调处理得不大好，特别是明暗对比比较欠缺，老是会出现处理不当的色块。还有就是笔法也常常处理不好，最担心的就是她的‘刮’法和‘砌’法，因为不到位，缺乏立体感和纵深感，三度空间不明晰……”说实话，听她讲这些的时候，我简直如坠云里雾里。以前在老家时，我们常到她家蹭饭，她烧得一手好菜，话题也是围着厨房转，没想到，几年不见，在伴随孩子学习的过程中，她自己也几乎成了半个行内人，那些生僻、孤傲的专业名词，她如白菜萝卜一样，顺手拈来。

这几年，常有外地的老同学、老朋友、老邻居领着孩子来杭州参加艺考，有的报考主持人，有的报考音乐专业，有的报考书画方向……无一例外的是，这些曾经对主持、音乐、书画统统一窍不通的老同学、老朋友、老邻居，如今张嘴都是专业术语，都对各自的圈子耳熟能详。有个学音乐的孩子的妈妈，以前看简谱都像看天书一样，现在不但熟谙五线谱，还会弹钢琴、拉二胡、奏古筝。她自嘲地说，自己的这些潜能，都是在孩子的激发下，伴随孩子的成长迸裂出来的。

她说得没错，母亲身上的潜能，很多是为了子女的成长而萌芽爆发的，那也是爱的潜能、爱的释放。

农民导游

没想到，站在我们面前的中年农妇，真的就是我们此行的导游。

她出现在我们面前的时候，还以为是一位要拉我们入住的农家旅馆的主妇，身材结实，头上扎一顶毛巾，脸膛红而微黑，呼呼地冒着热气，刚从地头干活回来似的。张嘴说话，夹杂着很重的口音，好在大致都能听懂。她笑着解释自己的口音：“我们三山人到苏州去呢，苏州人说我们讲的是浙江湖州话；我们到人家湖州去呢，湖州人又说我们讲的是苏州话。其实呢，我们讲的就是三山话。”语气里有自豪。

“我们三山岛……”她一边走，一边开始讲解，嗓门很大，不用扩音器，走在队尾的人，也能听得清清楚楚。她说：“我们三山岛呢，可以说就是一座花果山，一年四季，水果不断。春天呢有桃子，夏天呢有马眼枣、杨梅，秋天呢有枇杷、橘子……”有人问她：“那冬天有什么果子呢？”她顿了顿，被难住的样子，想了一会儿，忽然笑着说：“到了冬天，三山岛的果树上确实没啥果子了，不过，我们家家呢，都会有好吃的果脯，一样香甜呢。”

沿着湖边走百余米，爬山。植被茂密，到处是树。问她："这棵树是什么？"她看一眼说："这几棵呢，都是橘树。"又往前方一指，"那几棵呢，是枇杷树。"几个女同志在一棵盛开着白色小花的树前停了下来，嚷着要和桃花合个影。她一听，乐了："那不是桃花，是梨花，什么花结什么果子呢。"好奇地问她："山上的树，你都认识吗？""那当然，以前在生产队时，好多树还是我自已亲自栽的呢。"往前走了一段，她停下来，拍拍路边的一棵树说："你们瞧，这棵龙柏树就是我栽的。路那边的那棵龙柏树呢，是我丈夫栽的。那时候，我还是大姑娘呢。那天，我们生产队和他们生产队恰好都在这片山林栽树，他要和我比赛，看谁栽种的树长得快。结果，自然是我赢了。我们三山岛，山好，水好，空气好，养人呢；我们三山岛的女人，养地，养树，养家呢。"听她这么一说，细看看，果然是这边的这棵龙柏显得粗壮高大些。我们冲她翘起了大拇指。她乐呵呵地说："其实吧，告诉你们一个秘密，为什么我栽的这棵龙柏长得快？因为每次我来打理时，只给自己栽的这棵龙柏浇肥浇水，而他呢，不但给自己的树浇，还给我的树浇。"我们都乐了，原来普普通通的两棵树，还承载着一段浪漫的爱情故事呢，你赢了他的树，他赢的是你的心呢。

一路欢笑着，不知不觉就爬到了山顶。环顾，烟波浩渺的太湖，在春天的阳光下闪着银光，空气澄碧，远处的湖岸隐约可见。大家"呼哧呼哧"地深呼吸，恨不得将胸腔全部清空。她也做扩胸的样子："你们闻闻，我们三山岛的空气多新鲜呢，多吸几口带回去吧。来我们这里旅游的，都是像你们这样的城里人，上海人最多了。城里的空气，哪能和我们三山岛的比呢？"

来到三山岛最著名的板壁峰前，她像个真正的导游一样，给我们讲解了板壁峰的历史和由来，忽然话锋一转，对我们说："小时候，这里是我们小孩子最喜欢玩的地方，捉迷藏，过家家，趴在石板上一起做作业，调皮的男孩子还敢爬到峰顶上去。”我们仰头，板壁峰虽不太高，但笔直如削，剑指半空，不敢想象怎么爬上去。问她爬上去过吗。她不好意思地笑了：“有一次，考试没考好，害怕大人打，就爬上去，躲了起来。”上去容易，下来却难，直到天黑了，大人才找到这里，将她救了下来。

一路听她的讲解，都是穿插着她的生活、她的经历、她的故事，似乎三山岛的一草一木，都与她的生活牢牢地维系在一起。“我们三山岛……”这是她最习惯用的语句。她告诉我们，和大部分岛民一样，每年她只出岛一两次，旅游旺季的时候，做导游；淡季的时候，侍候果园，采采茶，摘摘果，种点蔬菜。她很享受现在的生活，虽然她唯一的儿子在苏州城里安了家，几次要接她过去，她也没有同意，她放不下三山岛，还有岛上处处弥散的她的生活。

下山的时候，迎面遇见另一个团队。领队的中年男导游跟她说，码头又来了几个旅行团，导游不够了，赶紧再去带团。她笑着答应了。我问她岛上有多少导游。她告诉我们，有十几个，都是和她一样的农民，年纪最大的已经快七十岁了。我们惊讶地张大了嘴，她补充说：“在我们三山岛，他还不算老，顶多算是中年呢。”

“我们三山岛……”是刚才那个男导游在解说，和我们的导游是一个开场白。我们笑了。

感　应

在医院的门诊部，他们再次相遇。

上次也是在这里遇见的，当时，他们都在焦急地等待CT结果，一聊，都是陪父亲来看病的。两个老人的症状相似：健忘，丢三落四，话越来越少。医生初步诊断都是患了阿尔茨海默病，也就是老年痴呆症。他一脸茫然，父亲精明了一辈子，干了那么多大事，怎么也会得这种病？她眼泪汪汪，老爷子辛苦了一辈子，现在孩子都大了，家里的日子刚刚好过一些，他怎么就得了这种病?

他们互留了电话。但各自忙，并没有联系过。

是她先看见他的父亲的，老人像个娃娃一样，倔强地不肯走进医生的办公室，嚷着自己没病，要回家。她一眼认出了老人，这不是上次儿子陪着来看病的那位老人吗？再往边上一看，果然是他，满脸无奈的样子，边上还站着个中年妇女，也不知道是他什么人。她走过去，拉住老人的手，轻声安慰说："不是看病，到这里来都是做体检的。"指指坐在椅子上的老人，"那是我爸爸，我也是陪他来体检的。"老人看看坐在椅子上的另一个老人，犹豫了一下，走了过去。他让中年妇女过去陪着两位老人。

看着两位老人坐在一起，聊着什么，他和她，在拐角找了个位子，坐下。这个位置，正好可以看见两位老人。

她轻声问他："你父亲恢复得怎么样？"

"越来越严重了。"他连连摇头，诉起了自己的苦衷——

"那次来检查，还只是丢三落四，现在只要从家里走出去，就找不到回家的路。不让他出去吧，他还和你急。害怕他出门走丢了，我想了很多办法。我平时很忙，哪里有时间管他，于是我给他请了个专职保姆，就是她。他指了指陪在老人身边的中年妇女。保姆专门照顾他，他走到哪儿，保姆就跟到哪儿。谁知道，有时候保姆上个厕所，他转身就悄悄地打开门，一个人溜出去了。害得我们找了好多次，还报了警。

"我又想个办法，给他新买了个手机，在手机里安装了卫星定位装置，这样，他走到哪里，我们只要搜寻一下，就可以随时确定他的位置，找到他。可是，自从我们给他买了新手机后，他经常不带手机就出门，也不知道是忘了，还是故意不带的。

"后来，我有个朋友给我提了个建议，很管用。他家的宠物狗也老是乱跑，他就在狗圈上装了一个感应器，狗狗走丢了，只要跑出一定范围，感应器就会'滴滴'地叫起来，循着声音一下子就能找着了。我让保姆在父亲的衣服口袋里，偷偷缝了一个感应器。"说着，他掏出一个钥匙状的东西，亮给她看，"就是这个，父亲只要跑出我的视野，它就会'滴滴'叫。"

"自从装了这个感应器，父亲每次走丢了，我们都能及时将他找回来。"他得意地拍拍手中的感应器按钮，忽然想起了什么似的，他问她，"你父亲的情况好像比以前好一些了，你们用什么方法管住他？"

她抬头看看坐在一起的两位老人，在聊什么，很投机的样子。她说："我们也没刻意做什么，就是多抽点时间陪陪他。老爷子在家里坐不住，每天黄昏，我们下班回来后，就让他一个人出去走走。人老了，倔强得很，他也不喜欢别人陪着他。让他一个人出门，我们当然不放心，所以，等他走出门了，我老公就拎着个酱油瓶，悄悄地跟在他身后。他要是认得路，我老公就一直陪在暗里；如果他犯迷糊了，我老公就会走过去，佯称下来买酱油，恰好遇见他的样子，然后和他一起回家。"

他不解地看着她说："暗地里陪着就好了，为什么你丈夫每次要拎着个酱油瓶？"她笑笑："这样老爷子才会相信真的是偶尔碰到的。我们这样做，就是不想让老爷子觉得他是个病人。"

正说着话，她猛然站了起来，"老爷子呢？"他手里的感应器按钮忽然也"滴滴"地叫了起来。两个人赶紧奔向两位老人刚刚坐的地方，只见两位老人相互搀扶着向走廊尽头走去，跟在后面的保姆说，他们要去找个地方抽根烟。

他和她，长舒一口气，笑了。

老乡来了

传达室打来电话，说："又有老乡来找你了，让进吗？"我毫不犹豫地告诉他们："不是早说好了吗？只要是找我的老乡，都请进。"

自从单位搬进新大楼后，想进大楼里找人，变得越来越难了，要出示身份证件、登记、预约、打电话，盘查得很严。尤其是我的那些老乡们，一看衣着，往往就将他们拒之门外。

我的家乡是劳务输出大省，我老家又是外出打工人口最多的县，单单在我工作的这座城市，来自我们县的农民工就不下千人。他们都是我的老乡。我离开家乡已经十几年了，在异地他乡与他们中的一些人认识，很偶然。老张和石头都是在农贸市场买菜时认识的，老张租了个摊位，卖蔬菜，石头则是卖家禽的。我去菜场买菜，张嘴一说话，乡音啊，一聊，果然是老乡，认识了。王小三、小李疙瘩，还有水管唐，是我找人修理家里的水管时认识的。王小三是个小包工头，自己又开了个家政服务公司；长了一脸青春痘的小李和水管工小唐都是王小三的雇工。维修好水管后，他们还免费帮我疏通了下水道，听他们说话很耳熟，一聊，果然是老乡，认识了。认识小老乡四桶子，还有点故事性。那天，我因为有急事，匆匆忙忙出门，刚走到车边打开车门，身后跟过来一个小伙子，肩上扛着一桶矿泉水，气喘吁吁地站在我身边。我诧异地看看他，不知道他有何事。小伙子张大嘴，憋了半天，终于结结巴巴地蹦出了四个字："你、你的钥匙！"我一看，还真是我的钥匙。小伙子平静了一下，又蹦出几个字："刚、刚才，俺、俺看到你身上掉、掉下一串钥匙，想喊、喊你，可是，俺说话结、结巴，喊、喊不出，只好追、追上你了。"我向小伙子表示感谢。小伙子这次倒是利索地蹦出三个字："不用谢。"这回听出口音了，很熟悉，很亲切，一聊，果然是老乡，认识了。他告诉我他是个送水工，因为力气大，一次能扛四桶水，所以，大家送了他一个外号：四桶子。他笑着说："你也喊我四桶子好了。"

是乡音，使我从拥挤的人群之中认出了他们。虽然在这个城市，我已经工作了十多个年头，也结识了一些新朋友，但我认识最多的、相处最为融洽的，还是这些老乡。老乡们来找我，其实也没什么事，大多是他们偶尔得闲，过来看看我。在他们眼中，我是个文化人，也算是个有身份的人。有一次，我在单位楼下等人，无意间听到几个过路人边走边聊，一个中年人用手指着我们单位的楼，对其他人说，这楼里有俺们一个老乡！那说话的语气，竟然充满了自豪，就像在说自己的一个家人似的。我听出了他们的乡音，那是萦绕在我每一滴血液里的声音啊。我看看他们，一个都不认识。目送他们走远，我的脸忽然有点火辣辣，我何德何能，能让他们记住我，并以有这样一个老乡而高兴满足？仅仅是因为我有一个比他们轻松、体面、收入高的工作吗？

同事们都知道我有很多老乡，他们也知道，我的这些老乡不是贩菜的，就是卖水果的；不是工地上的架子工，就是车间里的机械工；不是送水的，就是扫马路的；不是开出租车的，就是路边修鞋的。没错，我的老乡们在这个城市，总是做着最苦、最累、最脏、最没地位的活，挣最少的钱。很多人以为，我的老乡们来找我，都是遇到了什么困难，来找我帮忙的。恰恰相反，很少有老乡来找我帮忙，他们有的是力气，他们有最好的韧性和耐力，他们从来不愿意给别人增添哪怕一点点麻烦，因此，不到迫不得已，他们绝不会将自己的难处呈现在别人面前，尽管在这个城市，他们处处步履为艰，时时困难重重。倒是他们常常给我以帮助：家中的下水道堵了，小李疙瘩会及时来帮我通；家里的电线短路了，一个电话，王小三就能解决；听说我要搬家，秦大牛们不请自来……

我能为我的这些可爱的老乡们做点什么呢？几乎什么也做不了。年前，几个老乡来看我，闲谈中得知，他们已经有几个月没拿到工资了。恰好他们的老板我认识，我立即自信地拿起了电话。老板听了我的话，哈哈大笑："兄弟，你怎么和他们这帮人混在一起了？多掉价啊。这事别说了，哪天你来我的厂，我送你点年货，请你吃饭！"说罢，挂了电话。羞辱、气愤充斥胸中，我却无可奈何。忽然明白，那些和你称兄道弟的人，未必是兄弟，而真正的兄弟，你又往往欲助无力。这是怎样的悲哀、痛彻和无奈？

"咚咚咚——"办公室的门响了，我赶紧起身，去迎接我的老乡们。我已经准备好了茶水和香烟，还有一直不敢忘怀的乡情。我至少可以做到，用浓浓的乡音，恭迎和我同在一座城市打拼的乡亲们。

赣西剁肉馆

去江西西部的万载出差。从我们入住的宾馆走出来，抬眼一望，对面一家不大的门店上挂着一个醒目的招牌：“岭东剁肉馆”。岭东应是地名，剁肉馆是干什么的？杀猪的、卖肉的，还是剁肉的？想不明白。正纳闷着，同行的朋友惊呼起来，用手比划着：“看那儿，再看那儿！”我们循声望过去，前后几十米，数一数，竟然有大大小小十几家剁肉馆，每家剁肉馆前面都会冠个地名或人名，突出的却都是“剁肉馆”三个令人心惊肉跳的大字。

我们好奇地走进了其中的一家，想探个明白。

店主是个中年汉子，看见我们一行人走进来，热情地用难懂的赣西方言和我们打着招呼。听出我们是外地口音，中年汉子改用有点蹩脚的普通话问我们：“吃点什么？”我们反问他：“你这个剁肉馆是做什么的？”店主笑了：“就是饭店啊。”饭店？我们更疑惑了，好好的饭店，为什么要叫剁肉馆？多瘆人啊。中年汉子一边为我们收拾擦拭桌子，一边解释说：“剁肉是我们本地的一道招牌菜，我们本地人都特别爱吃，外地来的人也都喜欢尝个鲜，于是，剁肉馆这个名字就自然而然叫开了。”

就这么简单？中年汉子很认真地点点头：“要不，你们来一盘尝尝，保证你们会喜欢的。”我们虽然刚刚在宾馆吃过晚饭了，但还是怀着好奇心，点了一盘万载剁肉。

时间有点晚了，店里已经没什么客人了，中年汉子向后间的厨房交代了几声，就又转回来和我们闲聊。汉子说：“我们这个万载剁肉，做法是很讲究的。肉须采用猪肋条肉，将肥肉和瘦肉分别切成薄片，在炒制时，要先把肥肉煸炒出油，再将瘦肉下入锅中，小炒片刻，加水烧熟后盛出、沥干，然后再加上本地上好的辣椒、大蒜等配料，快速煸炒，调好味出锅，一道原汁原味的万载剁肉就做成了。”

正说着话，服务员将菜端上来了。外表看看，与我们平常吃的炒肉片，似乎并无多大区别。夹一块送入口中，未待咀嚼，眼泪先被呛了出来，太辣了！早就听说过万载的辣椒十分之辣，但没想到辣得这么彻底，这么深入骨髓。不过，在辣的后面似乎还暗藏着什么，嚼一嚼，回味一下，是猪肉的香味，又像牛肉一样有嚼头，还有一股油而不腻的别样滋味。除了太辣之外，口感真的很不错。我们几个人，一边喝着白开水，一边不停地吸溜着鼻子，慢慢品尝着独特的万载剁肉。

但有一点我们还是不太明白，这道菜，与那个最触目的“剁”字似乎并没什么关系啊。中年汉子也被我们问住了。这时候，一直默默地坐在一边的老汉忽然开腔了。汉子告诉我们，老人是他的父亲，以前一直在乡下种地，这几年岁数大了，就和他们一起搬到县城来住了。没想到，老人的普通话竟然讲得比中年汉子还顺溜。他指着儿子的背影，摇着头对我们说，他只说对了一半，万载剁肉的来历是这样的。老人告诉我们，赣西都是山区，以前很贫穷，山里人难得进一趟城，进了城，往往会带点肉回去，给一家老小解解馋。那时候猪肉都是挂着卖的，你想要哪块，跟卖肉的屠夫说一声，他就给你剁下哪块，然后过秤、付账。这个呢，就算是“剁肉”的最早来历。后来，山里人进城打工的渐渐多起来了。在城里打工挣钱不容易，平时吃的都很差，每隔一段时间，几个打工的老乡就会聚在一起开开荤，于是，到菜市场找屠夫剁块肉，然后拎到小饭店里，请老板加点辣椒炒一炒。后来，这道菜才在赣西一带慢慢流传开了。

我们听得津津有味。中年汉子笑着说：“老爷子也是随便说说的，别信他的。”老人不乐意了：“混小子，你小的时候，不是老嚷着让我进城‘剁’块肉回来解馋啊，这几年日子好过了，你小子忘本了呢。”中年汉子也不恼，嘿嘿陪着笑脸。一个小男孩从楼上跑下来，喊老人：“爷爷，你爱看的电视剧到了。”老人应一声，颤巍巍地上楼去了。看着老人的背影，我宁愿相信老爷子的话，它让我看到了渐渐远去的生活记忆。

我又夹起一块“剁肉”，真辣，也真香啊。

每个人都有一个自己的舞台

他拘谨地站在我的面前，脸上带着憨憨的讨好的笑，不停地搓着双手，显得局促不安的样子。我犹疑地看看朋友，朋友看出了我眼中的困惑，拍拍他的肩膀，对我说："他是我工地上最好的水电师傅，漏水那点小事，保准他手到擒来。"

家里卫生间滴滴答答漏水，已经很久了，找过物业，找过家政，都没找到症结。朋友听说后，向我推荐了手下的一名水电师傅，夸他手艺如何如何好。可是，站在我面前的这位水电师傅，样子看起来木木讷讷，老实得连话都说不利索，他能行吗？

走进卫生间，他放下工具，蹲下身，侧耳倾听。我也在他身边蹲下来。滴滴答答的漏水声，若隐若现，忽大忽小，飘忽不定。他站起身，手拿一把小木锤，这里敲敲，那里捣捣。我对他说："以前来过几个师傅，也是你这样四处听听、敲敲、捣捣，最后，到底是哪里漏水，却没找出来。"话里表示对他的做法也不信任。他只是轻轻"哦"了一声，头也没抬，继续一块块瓷砖敲过去。忽然，他在墙角的一块瓷砖前停下，弯下身，将耳朵紧贴在瓷砖上。我张开嘴，想告诉他，那个拐角，别人也检查过了，没问题。他摆摆手，示意我别出声。倒指挥起我来了，我没好气地瞥了他一眼。听了一会儿，他直起腰，语气坚定地对我说："就是这儿，下面的水管破裂了，需要将这几块瓷砖都敲了，才好修。""真是这儿吗？真要将瓷砖敲了？""是的！"他的口气不容置疑。"如果你确定，那就这么干吧。"

他挽起袖子，从工具包里拿出小榔头、凿子，开始敲瓷砖。没想到，一干起活，他就像彻底换了一个人一样，完全没有了刚见到我时的拘谨、木讷和局促。只见他左手握着凿子，右手挥动榔头，一锤锤准确有力地敲打在凿子上。在凿子的重击下，瓷砖一块块碎裂、飞溅。汗水很快布满了他的脸，他浑然未觉，继续有节奏地敲打着。一个多小时后，埋在地下的水管终于暴露了出来，只见水管拐弯接头处正不停地往外渗着水。他抹一把脸上的汗珠，又露出了憨厚的笑容："你瞧，问题就出在这儿。"还真被他找到症结了。"得把水阀关了。"我闻声赶紧跑到厨房去关总水阀。他指指水管说："这个水管弯头老化了，必须更换了。"我点点头。"找几块干布给我，将水擦干了。"我忙去找干抹布……当我将抹布递给他的时候，他忽然有点尴尬地笑笑："不好意思，把你当徒弟使唤了。"我笑着摇摇头说："你这么辛苦，我也出不上什么力，递递东西，是应该的。"

他继续专心致志地埋头干活，我无所事事地垂手站在一边。从侧面看，他的神情如此专注、如此投入、如此专业，仿佛不是在修理一截漏水的水管，而是在做一件了不起的大事情。忽然意识到，也许对他来说，这就是他的舞台，只有在这个舞台上，他才有可能成为主角，也只有站在自己的舞台上，他才会显得那么干练，那么自如，所有的拘谨、木讷、局促，以及仿佛与生俱来的自卑感，都瞬间离他而去。

其实，每个人都有这样一个属于自己的舞台。

单位边上有个停车场，收费员是个四十多岁的农民工大姐。平时看到她，都是一脸卑微，可是，当指挥一辆辆汽车停进车位的时候，她的声音忽然变得坚定而响亮，指挥的动作特别准确、到位、有力。这个从未摸过汽车方向盘的中年妇女，在她的舞台上气定神闲，像个指挥千军万马的将军。

我的一位老乡在小区边上开了一家小吃店，他生性内向，讲话还有点娘娘腔，很多人看不起他，可是，他家的小吃却是这一带味道最好的，尤其是他做的拉面，又细又匀又有劲道，令人回味无穷。而看他做拉面，更是一种独特的享受，一揉，二拍，三甩，四抛，五拉，六盘，七飞，八削，一招一式，无不充满阳刚之气、力量之美。在他的舞台上，他的这一连串“表演”气吞长河，简直让人眼花缭乱。

与那位水电师傅一样，他们都是为了生计，从遥远偏僻的乡下来到了城里，在繁华、热闹、时尚、激情的城市街头，他们往往局促而无知、可笑而笨拙、憨厚而木讷、土气而无趣，显得与周遭的一切都那么格格不入。可是，请不要轻视他们，更不要鄙视他们，那不是他们有什么错，而仅仅可能是，没有给他们提供一次机会、一个舞台。我们经常在这样的地方看到他们的身影：嘈杂的工地、混乱的菜场、轰隆的车间、肮脏的马路、黑臭的下水道……对他们来说，那也是舞台，而只要有一个舞台，他们就总是努力将这个角色演绎得最为精彩。

因为，在他们的心里，也有一个舞台，有一个人生主宰的梦想。

张师傅的工具包

卫生间的水龙头又漏水了，滴滴答答，让人心烦。自己尝试着修理，拧得越紧，水漏得越大。没办法，只好请专业的人来修理了。找谁呢？脑子里立即跳出了一个人——张师傅。

记得张师傅给我留过电话。打开手机，查到通讯录里有个名字“水电张”，应该就是他。电话打过去，果然是张师傅。听说我家的水龙头又漏水了，他答应忙好了手头的活，半个小时就到。

认识张师傅很偶然。那次家里买了台热水器，送货的师傅也是安装工。

问好位置，师傅开始安装。先用电钻在墙上打了两个眼，拧上膨胀螺丝，不到十分钟，热水器就装好了。师傅插上电源，打开水龙头，开始测试热水器。

完了，师傅转身对我说：“热水器安装好了，你验收一下。”热水器上的指示灯亮了，一切正常，我在送货和安装单上签了字。师傅弯腰将地上散落的电线头、包装泡沫收拾好，放进垃圾桶里，忽然看一眼坐便器，问我：“你家的坐便器好像有点漏水。”我点点头：“老毛病了，也不大漏，就是滴水，夜里听着有点烦。修理了几次，都没弄好，反正也漏不了多少水，索性不再管它。”师傅说：“我帮你看看。”说着，打开坐便器上的盖子，仔细检查起来。

看着师傅弯腰忙活，我的心里犯起了嘀咕：他为什么帮我修理坐便器？这与安装热水器可不沾边，一定是想乘机接点私活，赚点外快。我心里打好算盘，如果他要价太高的话，就拒绝让他修理。一会儿，师傅站起来，告诉我是里面的橡皮圈破损了，换个圈就可以了。我问他：“需要多少钱？”师傅拿过他的工具包打开，一边扒拉，一边对我说：“我找找看，如果有的话，就帮你换一下，不收费。若是没有的话，你自己去附近的水暖店买一个，我帮你换一下。”

还有这样的好事？真是不敢相信自己的耳朵。我也蹲下来，帮他找。师傅的旧帆布工具包很大，里面除了小锤、起子、扳手等工具外，全是螺丝、螺帽、螺栓、钉子、盖子、垫片、铆钉等等，各种型号、各种规格的都有，简直像个五金配件的微型仓库。师傅耐心地扒拉着，忽然高兴地拿着一个橡皮垫圈说：“找到了，应该是一个型号的。”说着，师傅拿起扳子和起子，回到卫生间去修理。不一会儿，师傅扭头对我说：“修好了。”侧耳细听，原来一直慢悠悠滴滴答答的滴水声，果然没有了。

我执意要付费，师傅连连摆手：“小事情，顺便做一下，怎么能收费呢。我上门安装，碰到客户家有哪里漏水啊，或者什么地方少了一个螺丝，哪个地方需要拧一拧、紧一紧什么的，我就顺便帮他们做一下。也就是举手之劳，从来不收费的。”我坚持说：“你帮我换了橡皮圈，我至少要付给你材料费的。”师傅笑着说：“我包里的这些小零件，也都是别人送给我的。”说着，师傅指着热水器的包装盒对我说：“里面还剩几个小螺丝，如果你不需要的话，就送给我吧，今后也许哪家能用上。”

他就是张师傅。临走时，张师傅给我留了电话，说今后家里水电方面有问题，都可以找他。说完，张师傅背上沉甸甸的工具包走了。目送张师傅的背影，蓝灰色的工作服上映出一圈白色的盐渍，特别醒目。

此后的日子里，家里也没什么地方漏水，所以，也就没再找过张师傅。

“咚，咚咚——”有人敲门。打开门，是一张有点熟悉的面孔，正是张师傅。还背着那个硕大的帆布工具包，人显得黑瘦了点儿。

一检查，是水龙头里的铜芯坏了，必须换一个新的。张师傅从工具包里拿出一个包装完好的铜芯，更换之后，水龙头不再漏水了。张师傅收了我二十元的材料费和十元的维修费。他告诉我，现在，他自己开了一家水电维修店，就在隔壁小区。没想到张师傅已经自己做了小老板。问他生意怎么样，他告诉我，生意还可以，都是老顾客，全靠大家帮忙。

洗手时，张师傅忽然对我说：“水池上的这个水龙头下水太慢，估计里面是被脏东西堵住了。”说着，拧下水龙头前面的帽子，果然，里面堵着几个细小的石子。张师傅从工具包里拿出一把小毛刷，轻轻地刷洗后，将帽子重新拧上，再打开水龙头，水哗哗地畅流。

“有事随时找我。”张师傅背起沉甸甸的工具包，笑着和我告别。我笑着点点头。

地 气

吃过晚饭，我照例到阳台上晃晃，抬头看看远处的夕阳，或者低头看看我们的院子。

没错，是我们的院子。我家住在二楼，但一楼院子里的花香，我能嗅着；长到半人高的石榴树，我伸手能碰着；有风吹过，所有的花花草草都争相和我打着招呼……它可不就是我们的院子吗。

楼下的老王，正在院子的角落，弯腰用铁锹挖着坑。这个老王是我们的新邻居，搬来才半年多，以前一楼的住户，气哼哼地搬走了。也难怪人家生气，好端端的一个院子，到处是散落的烟蒂、瓜子壳、橘子皮，还有牙签什么的，那都是从一层层的楼上飘下来的。我们这幢楼临河而建，站在自家的阳台上，就可以欣赏到一河的风景，所以，楼上的人家，有事无事，都喜欢站在阳台上，瞅瞅风景。有的是饭后，一边打着嗝儿，一边剔着牙，剔干净了牙齿的缝隙，那牙签，随手就扔到了楼下的院子里；有的人，一边发着呆，一边嗑嗑瓜子，见楼下没人，瓜子壳都“啪啪”地吐到了楼下的院子里；最多的是男人，逃过妻子的眼睛，在阳台上抽根烟，吞云吐雾，神仙似的，抽完了，一个弹指，烟蒂就会画着流利的曲线，飞进楼下的院子里。十二层啊，如果大家同时在阳台上做着这个动作，将是多么整齐壮观？一楼的住户骂过，无效；一户户上楼去敲门警告，还是无效。无奈，一楼住户干脆不进院子了，只是将自家的杂物堆在院子里。一段时间后，杂草丛生，污垢一地，一楼的院子彻底成了垃圾场。

老王就是在这时搬了过来。没过几天，站在阳台上的人们突然惊讶地发现，楼下院子里堆的杂物不见了，杂草被拔除了，垃圾被清扫干净了。抽烟的人，捏着烟蒂的手抖了几下，看看院子里没人，还是扔了下去；剔牙的人，“呸”的一声将嘴巴里的秽物吐了出去，见没人，手里的牙签，还是顺手丢了下去；嗑瓜子的人，先是用手将瓜子壳盛着，看看楼下没人，还是悄悄撒了下去。老王也不恼，每天两次，将院子打扫干净。

又过了几天，站在阳台上的人们忽然惊讶地发现，楼下院子里的土被翻开了，久违的泥土气息扑鼻而来。几天之后，新翻开的土地上竟然冒出了一层油绿，是草籽发芽了呢。楼上的人们俯身看到那层浅浅的绿色，与不远处河边的绿地遥相呼应，心里暖暖的，捏在手里的牙签、烟蒂和果壳，犹豫了一下，终于没有扔下去，而是随手带回家，扔进了垃圾桶里。

青草长得很快，老王又在院子的几个角落各栽了几盆植物。一棵是石榴树，栽下去的时候，就已经有大半人高；一株是白玉兰，刚刚打苞；还有几株矮一点的是海棠，花已经盛开。不到一个月，原来的院子已经绿油油一片，从楼上望下去，就像是自己家的后花园一样。

站在阳台上的人们经常能看见老王在院子里忙碌着，为花草们浇水、打枝、捉虫，有时候，他会弯腰从草地上捡起一个烟蒂，或者一根牙签什么的，看来，还是有人习惯性地往下扔东西，这让其他站在阳台上的人脸微微一红。老王偶尔会抬头仰望楼上，从楼上望下去，老王仰着的脸很像一株向日葵。

昨天晚上，忽然有人敲门，从猫眼里看见是老王。这是他第一次上楼来，不知道他为何而来，惴惴不安地将老王让进屋。老王笑着说："我注意到你们楼上很多人家的阳台上都种了花草。"我点点头。我家的阳台上也养了些，不过，养得不好，都不太精神。老王说："我也喜欢种花养草，花草说贱也贱，说娇贵也娇贵，除了经常晒晒太阳，有时候，也要让它们沾点地气。"地气？都是种在花盆里，怎么沾地气呢？老王说："我准备在院子里挖几个泥坑。你们楼上谁家的花草有需要，就连花盆一起先埋到土坑里去，等接上了地气，长茁壮了，再搬回各家的阳台上。"这主意好啊。老王乐呵呵地说："那我再到楼上各家去说一声。"

站在阳台上，默默地看着老王弯腰忙碌着。他已经挖好了几个泥坑，有人正在将一盆有点蔫的滴水观音连盆带花移进泥坑里，好像是九楼的住户吧？我琢磨，再过几天，也将我那盆发财树埋在老王家的院子里，接点地气，它也有点蔫了呢。

从楼上俯身往下看，滴水观音的每一片叶子都很像一张笑脸。

剪指甲

妈妈躺在破旧的靠椅上睡着了。妈妈睡得可真香啊，连他不小心绊倒一个小板凳，都没有将她吵醒。很少看见妈妈这个时间睡觉，平时这个时段，她不是在家里洗洗涮涮，就是忙着准备晌午卖的菜。妈妈下岗之后，在菜市场租了个摊位卖菜，一早一晚赶两个集市。今天，也许是她太累了，也许是准备工作都做好了，她少有地躺了下来，而且竟然睡着了。

这是个好机会。他拿着剪刀，蹑手蹑脚地走到妈妈身边。妈妈的手垂搭在椅背上，黑黑的指甲盖显得特别刺眼。

就在前几天的家长会上，他刚刚被妈妈黑乎乎的指甲盖刺痛过一次。家长会那天，妈妈特地换了身干净的衣裳，这丝毫也没有减少她身上弥散的菜市场烂菜叶的气息。不过，他还是很感谢妈妈，他知道，妈妈难得穿得这么干净，就是为了不让他在同学面前丢脸，虽然说实话，他并不认为妈妈在菜市场卖菜有什么不光彩的。家长会上，家长和孩子们坐在一起，妈妈听得很认真，好几次，当老师念表扬名单时，妈妈的脸上露出了灿烂的笑容。他偷偷瞟一眼妈妈，心里在说："儿子没让您失望吧？"

家长会快结束的时候，老师给每位家长发了一张征询意见表，让家长填写。妈妈双手拿起表格，仔细地看起来。突然，他无意中看见了妈妈的双手，天啊，她的指甲盖又长又黑，好像被墨汁染过一样。他的脸骤然涨得通红。他偷偷瞄瞄身边，小丫妈妈的手指，又细又长，白白嫩嫩，指甲盖上还涂着好看的色彩；小军爸爸的手指，又肥又厚，很不好看，但是，指甲修剪得整整齐齐，一看就是个有教养的人；就连坐在前面的小齐的奶奶，手指也是修得干干净净。他不敢再看下去了。妈妈的指甲，特别是两个大拇指的指甲，那么黑，那么脏，那么难看，这让他无地自容，他怨恨地扫了妈妈一眼：儿子知道您很忙很累，可是，再忙再累，也不至于连剪个指甲的时间都没有啊。担心别的同学看到自己妈妈脏乎乎的手指甲，他几次示意妈妈将双手放下来，可是，妈妈似乎一点也不理解儿子的心思。没办法，他只好将身子夸张地往前趴，这样，至少能挡住一点别人的视线。

他不知道，那天的家长会上，有没有人注意到自己妈妈的指甲，但他打定了主意，等哪天找个机会，一定帮妈妈将那又长又脏又黑的指甲剪了。

今天真是个好机会，妈妈睡着了，而且，双手就垂搭在椅背上，这样，剪起指甲来就省事了。

他轻轻地捧起妈妈的左手。很久没有拉过妈妈的手了，妈妈的手，粗糙、干涩，和记忆里妈妈的手，好像很不一样了。对，那时候，妈妈的手也是保养得很好的，又白又软，细细长长，温温暖暖。他知道，妈妈是累的、苦的，手才变成这样。他小心翼翼地用剪刀将妈妈的指甲一点点剪下来。为了不弄醒妈妈，他的每一个动作都很轻柔。

很快，妈妈左手上最脏的大拇指指甲剪好了。指甲根的肉芽也被菜汁染得黑乎乎的，他想，等妈妈醒了，让她用肥皂好好洗洗，妈妈的指甲就又干净漂亮了。这样想着，他继续往下剪。

谢天谢地，妈妈竟然毫无知觉。他想，妈妈真是太累了。

只剩下最后一个指甲了。这个指甲好像被折断过，裂开了，还有斑斑的干掉的血迹。他握紧剪刀，一用力。突然，妈妈的手指一哆嗦，醒了过来。难道剪到妈妈手指上的肉了？他吓得停住了手。妈妈惊讶地看着他，又看看自己的手指，妈妈什么都明白了。

他本来想等妈妈自然醒来，给她一个惊喜的，没想到功亏一篑，最后时刻把妈妈弄醒了。他握着剪刀，笑盈盈地看着妈妈，妈妈一定会疼爱地看着自己，表扬一下的。他等待着。

“啪！”妈妈一巴掌打在他的手上，“谁让你把我的指甲都剪了？”

他绝没有想到，妈妈会打他。他惊愕而委屈地看着妈妈。

妈妈愠怒地盯着他。他紧咬着嘴唇，眼泪在眼眶里打转。

妈妈一把将他搂进怀里：“对不起，妈妈不该打你。可是，傻儿子，妈妈留着指甲是用来剥毛豆的。你知道吗，卖一斤剥好的毛豆米，比卖一斤毛豆壳，能多赚两元钱呢。你把妈妈的指甲剪了，妈妈还怎么剥毛豆啊？”

他抱住妈妈，眼泪哗哗地流了出来。

那天，他第一次陪妈妈去菜市场，帮她卖菜。他拿了一个盆子，蹲在地上剥毛豆。没剥几颗，他的指甲盖里就塞满了毛豆皮，变得绿乎乎的，而且，因为他的指甲很短，剥毛豆很疼。妈妈几次心疼地看着他，让他别剥了，他都不肯停下来。

又有人来买菜了，妈妈微笑地忙碌着。他剥着毛豆，偶尔抬起头，偷偷地看一眼妈妈的双手。妈妈的指甲被他剪得整整齐齐，妈妈的手，真的很好看呢。

老师永远记得你

儿子兴冲冲地去参加了一个同学会。毕业三年了，儿子和他的小学同学基本上都没有见过面。正值青春期的孩子，长得又特别快，变化都非常大，互相还能够认出来吗？

很多同学，虽然长高了，壮了，冒胡子了，长漂亮了，变声了，但是，大家基本上还是一眼就能认出对方，一口报出彼此的名字，以及绰号。同窗六年，同学之间留下了太多的印记，而很多记忆是无法抹灭的。

儿子说，让他特别意外的是，班主任黄老师也被请来了。他们是黄老师的关门弟子，带完了他们这届，黄老师就退休了。

儿子走进去的时候，黄老师正被一群同学围着。看见又有新同学进来，大家自觉让出一条通道。儿子走过去，惊喜地喊了声：“黄老师，您好！”

黄老师抬起头，盯着儿子，忽然惊奇地喊了起来：“这不是我们的调皮大王张坤吗？三年前还只有一米五，都没我高呢，现在快一米八了吧？真是士别三年，当刮目相看啊！”

儿子一脸错愕。张坤是儿子小学的一位同学，黄老师怎么把自己错认成他了？儿子正要解释，看见黄老师身后的同学拼命冲他挤眼睛。儿子不明所以，只好附和着。

黄老师问儿子考取了哪所高中，又拉儿子坐到她身边："J这个音节，现在能讲清楚了吧？"儿子挠挠头，明白过来了，讲的还是张坤啊。儿子清楚地记得，因为有点大舌头，张坤一直发不准J这个音，简单的"姐姐"，经他嘴里一说，成了"给给"，为此，同学们给他起了个外号"大给"。没想到黄老师连这个都记得这么清楚。

正说话间，又有一位同学来了。围着黄老师的同学们又主动让出一条道，让刚来的同学先向黄老师报到。儿子一眼就认出来了，王栋，他们班里最可爱的胖墩，现在，还是那么胖乎乎的。

黄老师也一眼就认出来了："小胖子王栋，你中考体育达标了吗？我记得你毕业考时，八百米跑了整整十分钟呢。"

同学们嘻嘻哈哈地起哄。黄老师抿了抿嘴，慈祥而威严，像她曾经站在讲台上一样。

又一位同学进来了……

儿子悄悄将一位同学拉到一边，问他："黄老师错认我了，你们为什么不让我纠正啊？"

同学回头看了看，附在儿子的耳边轻声说："我们也是刚知道的，去年，黄老师生了一场大病后，记忆力就严重衰退了，连很多熟人都不认识了，很多事情也记不起来了。你来之前，我们很多同学都被张冠李戴了呢。不过，黄老师记得我们班五十二个同学的每一个名字，还记得我们好多事情呢。但是，她好像已经无法将我们一一对号了。为了让她高兴点儿，她把你认成谁，你就装是谁。我们都是这样的。"

儿子很郑重地点点头。被同学们簇拥着的黄老师，头发花白，蜡黄的脸上渗出一丝红晕。

同学聚会变成了师生聚会。黄老师拉拉这个同学，又拉拉另一个同学，讲着曾经发生在他们身上的趣事，把张三的，说成了李四的；把男同学的糗事，错当成了一位女同学的。同学们很认真地听着黄老师讲述着，不时爆发出青春期孩子特有的爽朗的笑声，仿佛又回到了小学校园，回到了一次班会之中……

回到家中的儿子，似乎还沉浸在聚会的气氛中。他说，后来他们集体将黄老师送回了家。这是他们大多数人第一次跨进老师的家门，黄老师的家中弥漫着各种药物的气息，书房的墙上挂着很多张合影，靠近书桌的那张是他们这届的合影，那时候，他们的脸是多么稚嫩啊。黄老师指着照片说："我记得你们每个人，你们的名字，还有你们的梦想。"

说到这里，儿子的眼里噙着泪水。那是一颗学会了感恩的心，流出的热泪。

早晨看到的是太阳

她是个单亲妈妈。在确诊孩子无望后，他狠心地抛下了他们母子，失踪了，她一个人拉扯着孩子。

孩子的病，时好时坏，好的时候，偶尔会跟她说话，就那么几个字，反反复复，蹦来蹦去；坏的时候，连着一个多星期，一个字都不说，饿了，渴了，也不知道吃，不知道喝，稍不如意，就乱砸东西，还喜欢打人。这时候，她就会拱起腰，任他打。儿子小，但打起人来，一点也不晓得轻重，更不手软。打累了，他就会一声不吭地坐到一边去，不再做出其他破坏的动作。而她，往往已被打得直不起腰。不过，儿子打完她之后，有时候会突然看她一眼，眼神里除了惯有的迷茫，似乎还隐约有点别的什么。她坚定地认为，那是儿子的醒悟，他是心疼自己的妈妈了。她知道儿子是心疼自己的，他只是控制不住自己。

这些年，她背着儿子，到处求医问药，可惜现代医学对自闭症还束手无策。但她不甘心，她坚信孩子只是暂时“迷”住了，总有一天，他会醒来。她找到了本市的一家自闭症儿童康复中心，尝试着唤醒儿子。为了给儿子治病，她连工作都丢了。

她的可怜的积蓄早就花完了，能借的也都借了，就连退休的父母也将工资的一大半给了她们母子，可是，仍然填不了这个无底洞。很多人劝她："你还年轻，不如趁孩子还小，丢了，或者送到孤儿院，自己再找个好人家嫁了，好好过完自己的下半生。"她坚决不同意，他是自己的骨肉，她怎么可能丢下他不管呢？虽然儿子已经快八岁了，却连一声"妈妈"都从没有喊过她。

但是，窘迫的现状也不得不改变，他们已到了山穷水尽的地步，再这样下去，别说让儿子康复，连基本的生活也无法维持。可是，整个白天，她都得在康复中心，协助老师给儿子做康复训练，根本没时间去工作。只有晚上，等儿子睡着了，她才有空。她和母亲商量，让她来帮帮自己。

她找到了一份夜班的工作，从晚上八点到凌晨两点。每天，八点之前将儿子哄睡着，然后，由外婆陪着他睡，她赶紧骑车去单位上班。好在单位离家不是很远，骑车十几分钟就到了。她终于又有了一份工作，这至少使他们母子可以有基本的生活保障。

白天，她领着儿子在康复中心接受治疗和训练；晚上，她去打工挣钱。日子就这样日复一日地像水一样流过。

每天半夜回到家，她都疲累不堪，她感觉自己就像被掏空了的油灯。可是，只要看到儿子有哪怕一丝丝进步，她的身上就重新焕发了力量。儿子是她唯一的希望。

为了让她在短暂的时间里睡得踏实一点，母亲建议自己陪着外孙睡觉，这样，她半夜下班回来，可以直接到另一个房间去睡。她没答应，一方面她知道，母亲已经老了，对付像儿子这样完全不讲道理的孩子，她根本就力不从心；还有重要的一点，那就是她希望自己能够随时陪伴在儿子身边，她知道自闭症孩子都有一个共同的特点，不喜欢环境改变，她要让儿子每天醒来的时候，第一眼看到的，都是她的面孔，她要让儿子知道，妈妈永远陪伴在他身边，无论何时，无论何地。

因此，每天晚上，在她去上班的时间，由母亲陪着儿子睡；等她下班回来了，再让母亲回自己的房间，她来陪儿子。为了不吵醒儿子，她习惯了在家里踮着脚尖走路。有时候天冷，从外面回来，身上的热气都被寒风刮尽了，她就干脆先在楼下跑几圈，将身上跑热腾了，再回家，她怕自己身上的寒气冻着了儿子，吸了儿子身上的热量。

这么多年了，儿子每天醒来，第一眼看到的都是妈妈。

那是个雪后的早晨，星期天，因为头天晚上下班回家时，路上受了冻，她感到自己昏昏沉沉的。她第一次在儿子醒来的时候，还没有清醒。窗外，太阳已经升起来了，暖暖的阳光洒在窗台的白雪上，散发出橘黄的暖色。迷迷糊糊中，她听见一个喃喃声："太阳，妈、妈妈……"

她几乎是一蹦而起，兴奋地看着儿子，她捧着儿子的脸："星儿，你是喊妈妈吗？"

儿子却没有回答她，指着窗台上橘黄色的阳光："太阳……"

她的眼泪夺眶而出。看着窗台上跳跃的阳光，她仿佛看到了希望。

镜头是明亮的眼睛

单位组织旅游。每到一个景点，大家都忙着拍照留念。几乎每个人都带了小巧玲珑的照相机，没带相机的，也掏出手机拍照，手机大多都有拍照功能。

尤其是女同志，为久违的大自然风光所深深陶醉，不停地摆出各种各样的姿势，单人来一张，与好朋友再合影一张；正面的来一张，侧身的再来一张；横着的来一张，竖着的再来一张；我用你的相机帮你拍一张，你再用我的相机帮我拍一张……忙得不亦乐乎。

他的脖子上挂一个笨重的单反相机，远远地拍了几张风景照后，就端着个相机，回到人群中扫来瞄去。他平时寡言少语，很少与人沟通交流，与同事大多老死不相往来，在单位里几乎快被人遗忘了。这次出来旅游，他一路上也都是一个人闷闷地坐在车后，也不知道是有什么心事，还是在干什么。不过，反正也没人注意到他。

忽然，像发现了新大陆似的，他的镜头停住了，正对着一个默默地看风景的女孩。喊一声："某某，转个头。"某某闻声，回头，看见他和他手中的相机，明白了，粲然一笑，只听见“咔嚓”一声，笑容被定格了。

也许是那声“咔嚓”太清脆，边上正用自带的小相机互拍的女同事们大声地喊他：“帮我们也拍一张吧。”他快乐地应一声：“好的。”眼睛凑在镜头后，一只手端着相机，一只手调着焦距，很专业的样子。“咔嚓”拍了一张，翻开，看看，摇摇头，说：“图像有点虚，重拍一张吧。”被拍的同事不急，也不恼，再摆出灿烂的姿势和笑容，盯着他的镜头。这个人拍好了，又一个人站在了镜头前，对他挥挥手：“帮我也来一张吧。”他照例快乐地答应着，端起相机。

又到了一个景点。有人开始主动喊他：“某某，用你的专业相机帮我们拍个合影吧。”他响亮地答应着，眼睛紧贴在照相机的取景框后，指挥着拍照的同事：“你往前站一点，你的头发再理一下，你嘛，做个姿势，你的眼镜有点反光……”在他的指挥下，一帮女同事嘻嘻哈哈地拍了一张合影，几个年轻的女孩又嚷嚷着让他分别给她们单独拍了一张。

情形就这样发生了微妙的变化。此后，每到一个景点，女同事们一旦找好了角度，就会在人群中寻找他的身影，并大声地喊他：“某某，快来帮我们拍一张吧。”她们好像忘了自己的手中也是有照相机的。而他也是来者不拒，后来，索性一到景点，他就找个好位置，像模像样地端着相机，谁站在镜头前，他就“咔嚓”一声摁下快门。有时候，别人在看风景的时候、走路的时候、聊天的时候、发呆的时候，他就会从侧面悄悄地抓拍几张，然后，打开相机，翻开，和被抓拍的人一起观看，爆发出一阵阵欢乐的笑声。

很快，他就融入到了队伍中，并成为最受欢迎的人。没有人记得他曾经学过摄影，但这有什么关系呢，他脖子上挎着照相机的样子显得很专业、很热情、很酷。他一次次摁下快门，将面对他微笑的人拍摄下来。他的照相机里储存了最多的风景、最多的人像，以及最丰富的姿势和最灿烂的笑容。

回到单位后，他又要来了大家的QQ号码和电子信箱，然后，将经过挑选和修饰的照片分别发送给每个人。他以前从来没有他们的联系方式，除了工作，他和大家也没有任何接触，这一次，他们之间却有了一条顺畅的通道，他借机打开了一扇扇大门。

其实，他在旅游前不久才刚刚买来这台照相机，他的摄影水平很一般，但通过这次集体活动，他学会了用心去捕捉生活中的风景，镜头后面是他明亮的眼睛，和一扇热情地敞开的心灵之门。

看人加把盐

在我看来，母亲做饭的手艺实在飘忽不定：有时候偏淡，有时候又偏咸；有时候炒得过生，有时候又焖得过熟；有时候饭煮得很硬，有时候又煮得很软。可是，奇怪得很，所有来我家吃过饭的客人，却都对母亲做的饭菜称赞有加，他们的赞美都是发自内心的，没有丝毫的虚假客套。

是隔锅饭香吗？是，也不是。

有一次，老家几个人进城卖西瓜，母亲上街买菜，正好遇着，于是连拖带拽地将他们拉回家，非得让他们吃了饭再回去。母亲指着一个年纪大一点的男人说："这是你舅。"不认识。又指着一个看起来和我年龄差不多的人说："这是你表叔。"也不认识。我离开家乡多年，老家的人基本上都不怎么认识了，除了亲戚和几个老邻居之外。亲戚里并没见过这几个人啊，可是，在母亲看来，乡里乡亲，都连着绊着，那不就都是亲戚吗。

母亲忙着张罗饭菜，真佩服她老人家，并没什么准备，却能一眨眼间，整出一桌子菜来。母亲让我陪几个客人先喝点啤酒。我搛口菜，送入口中，还没咀嚼，一股咸气就直冲脑门，咸得我直呲牙咧嘴。我的娘哎，这菜里放了两次盐吗？我冲还在厨房里忙碌的母亲喊："菜太咸啦！"没想到，几个客人却连连摆手：“不咸不咸，正合口味呢。”年纪大一点的对母亲说：“嫂子，菜足够了，别忙了，你也过来吃饭吧。”说着，搛一口菜，吧唧吧唧很响地嚼着，一边含含混混地说，“嫂子，你做的菜，咋还是那么好吃呢。”另外几个人，也一边喝酒，一边吃菜，很满意的样子。

送走客人，我对母亲说：“今天的菜都太咸了。我说过多少次了，盐吃多了，对身体不好。”母亲笑笑：“我知道，今天不是你舅他们来吗，我才多加了把盐的。”我诧异地看着母亲。母亲接着说：“你晓得这么热的天，他们在大太阳底下卖西瓜，一天下来，淌了多少汗吗？他们的衣服一直是湿的。要是像平时给你们做的菜那样清淡，他们吃了根本没滋味的。”

多加一把盐，这是母亲给她汗流浃背的乡亲加把力呢。

有时候，家里来了年纪大一点的客人，母亲做的饭就会软软的。我们知道，这是母亲为了照顾客人而为。不过，我们一家三口，特别是儿子，喜欢吃硬硬的饭。母亲自有她的办法。电饭锅里的米刚煮沸的时候，母亲会揭开锅，用饭勺子将米往一边拢拢，这样，煮出来的米饭就一锅两制了，一半稍硬，一半稍软。我们各取所需。

这就是我的母亲，和很多母亲一样，她的一辈子基本上都是围着厨房和她的亲人度过的。谁喜欢吃甜的，谁又喜欢吃辣的；哪个爱吃这个，哪个不爱吃那个……母亲的心里，都清清楚楚。而母亲自己，总是舍不得将剩饭剩菜倒掉，而是混在一起，热一热，就成了她的可口的饭菜。那些咸的淡的、辣的酸的、苦的甜的、荤的素的，全部混杂在一起，这就是天下的母亲吃得最多的饭菜。

去厨房里抱一抱我们的母亲吧，她往菜里撮一把盐，撒一点糖，倒一点醋，加一点水，无不是为了让我们的生活变得有滋有味、甜甜蜜蜜。

空调外机上的鸟巢

我关上窗户，打开空调，一股习习凉风轻拂而下，暑气立即被逼退，真舒服啊！

入夏以来，憋了整整一个月没开空调，今天是第一次打开它。杭州这几年，一年比一年热，往年这时候，我早就用空调了，这个夏天，却因为一个鸟巢，我一直没有开机。

一进入六月，天气一天天热了起来。那天，我将空调的滤芯拆卸下来，洗干净，又照例检查了一下挂在阳台窗户边的空调外机，预备一旦气温再上升，就开空调享受了。打开外机上已经有点破烂的塑料雨棚，我呆住了，只见在雨棚最里角，竟然藏着一个鸟巢，一个由细小的树枝、旧报纸、泥屑，以及一些花花绿绿的塑料皮搭建而成的鸟巢！难怪最近几天，老是有鸟在我的窗前飞来飞去，原来它们这几天就在我的眼皮底下建了一个窝。

我将手轻轻地缩了回来，并将雨棚的塑料布还原成原来的样子。在报纸上看过文章介绍，鸟巢一旦被人为破坏，鸟雀们就会放弃这个鸟巢。我可不想惊扰了这个不请自来的邻居。

我躲在窗内悄悄观察，很快，两只筑巢的鸟就一前一后飞回来了，周身黄黑色，头顶一朵耀眼的白色羽毛。我一眼就认出来了，这是我们这一带常见的白头鹎，俗名又叫白头翁。“你们好啊。”我轻轻地和它们打了声招呼。它们显然没有注意到窗户里的我，两只白头鹎站在空调外机上，唧唧喳喳叫了几声，又四周望了望，就一头钻进了雨棚里。

自从发现了雨棚下的秘密后，每天，我都是在鸟声中睁开眼睛。它们飞进飞出，忙忙碌碌。一天，看见两只白头鹎都飞出去了，我悄悄掀开了雨棚的一角，惊讶地发现，鸟巢里多出了三四个鸟蛋，它们果然要开始孵化了。自那以后，就只看见一只鸟飞进飞出，而另一只鸟则很少见到了，我想，它一定是在孵化它们的小鸟吧。我也没敢再去打扰它们。

天渐渐热了起来。我看看挂在墙上的空调，无奈地摇摇头。有两只鸟将它们的家建在了我的空调外机上呢，我的空调暂时是不能打开了，因为如果打开空调的话，外机的震动和轰鸣声一定会将正在孵化的白头鹎吓跑。我特地跑到小商品市场买了一把蒲扇，以驱赶一点暑气。

日子慢慢地过去，妹妹家的孩子参加了高考，等待成绩的日子可真难熬；一个已经结婚好几年的朋友，这几天终于付了首付款，买了一个二手小房子，夫妻两个开始三天两头吃方便面了；电视里说，北约继续轰炸利比亚……哎，这日子，过得真乱啊。不过，我窗前空调外机上的这两只白头鹎，显然对这一切毫不关心，它们正在孵化它们的鸟宝宝呢。每天晚上，下班回到家，我就汗流浃背地坐在窗前，摇着蒲扇，想象着近在咫尺的白头鹎，我的心慢慢安静下来。有几天，忽然下起了雨，气温一下子回落了不少，清凉多了，可是，听着急雨噼里啪啦地打在外机的雨棚上，我的心反而变得躁热起来，担心雨会潲进雨棚里吗？如果我早一点换一个新雨棚，就好了。

第十天，也许是第十一天，我忽然在唧唧喳喳的鸟叫声中，听见了一声稚嫩的鸣叫，没错，是雏鸟的叫声。没过一会儿，又听见一声雏鸟的叫声。一天之后，雨棚下的鸟巢里就传来了一窝鸟此起彼伏的鸟鸣声，如果细听的话，你能听出一只、两只、三只、四只，没错，总共四只小鸟的鸣叫。它们就像一个童声合唱团，在我的窗前，开始了这个夏天的第一场大合唱。我看见两只白头鹎都飞出了鸟巢去寻找食物，它们的鸟宝宝正嗷嗷待哺呢。

入伏之后，气温一下子飙升到了三十五六度，热得人喘不过气来。窗外鸟巢里的小鸟们，叫声越来越清脆了，两只白头鹎飞进飞出的频率也更频繁了，我留意到，它们嘴里叼回来的食物从小虫子变成了大一点的蚯蚓，这说明，鸟宝宝的胃口越来越大了。忽然发现，自己正变得和两只白头鹎一样，期盼着鸟宝宝早一点长大。

我以为日子会一直这样，我已经习惯了在酷暑之下寻求安静。可是，有一天，我下班回到家，却发现窗外的鸟巢一点动静也没有。我试探性地走近，还是没有一丝声音。我轻轻掀开一条缝隙，鸟巢里空空如也。不知道什么时候，两只白头鹎带着它们的孩子飞走了。它们是想早一点把空调还给我吗?

小区的大树上出现了越来越多的鸟儿，它们唧唧喳喳的叫声让我安宁。我已经将空调外机上的雨棚换成了新的，这样，就不会漏雨水了。我没有动鸟巢，我想，白头鹎或者别的什么鸟儿也许还会来，而只要你们再来，请在我的窗前叫几声，我就会关掉空调，给你们一个安静的空间。

学滑雪的第一件事

穿上厚重的滑雪鞋，踏上彩色的滑雪板，手握长长的滑雪杖，我们的心，已经远远地跑在我们的身体前面，在皑皑雪地上飞翔了。

我们都是第一次踏上滑雪板，双手拄着滑雪杖，笨拙而艰难地挪动着沉重的脚步，小心翼翼，一步一趋地跟在教练身后，走到了雪地上。不断有人从我们身边“刷刷”地滑过，那姿势、那造型、那神情，真是帅极了。我们迫不及待地对教练说：“快教我们怎么滑吧！”

今年春节，我们全家到东北旅游，想感受一下北方的冷，此行还有一个很重要的目的——学滑雪。南方一年难得下一两次雪，除了能抓紧时间搓几个雪团，象征性地打一场湿答答的雪仗，雪倏忽就融化了，连堆个雪人都来不及，更别说滑雪了。在雪上滑翔，只能在梦里。现在，厚厚的白皑皑的雪地就在眼前，怎能不让人跃跃欲试？

教练是个小伙子，脸黑、高大，据说是个退役滑雪运动员。他拄着雪杖，扫视我们一眼，笑着说：“欢迎几位南方的朋友，来我们这儿学滑雪。”我们报以微笑：“那赶紧教我们吧。”教练问：“大家都是第一次学滑雪吗？”我们点头。“那好，”教练说，“我们先来学习怎么摔倒。”

学摔倒？早就听说学滑雪很容易摔跤，还以为应该先教我们怎么防止摔倒呢，怎么反而先教我们摔倒？我们不解地看着教练。教练用滑雪杖戳戳雪地说：“初次学滑雪，首先要学会的，就是在雪地上摔倒。学习摔倒，是为了保护我们自己。现在，我们大家先来摔摔看。”

教练将目光落在了我的身上。这有何难？虽然我对教练要先教我们怎么摔倒不以为然，但我还是决定漂亮地摔一跤给他看看。我低头看看脚下亮晶晶的雪地，抬起一只脚上的滑雪板，正犹豫着怎么摔能够摔得优雅些，不料另一只脚上的滑雪板突然往前一滑，一个踉跄，重心不稳，整个人向后倒去，仰面八叉地摔在了地上。大家七手八脚将我拉了起来。这一跤摔得毫无准备，很狼狈，幸亏戴着大大的口罩，谁也没有发现我的大红脸。我弯腰拍拍腿上的雪，突然，脚下的滑雪板又向后一滑，身体不由自主地往前扑倒，来了个狗啃泥，手中的滑雪杖也被我扔出了很远，连脚下的滑雪板都摔脱落了。儿子笑翻了。

教练伸出手将我拉了起来，问我：“没伤着吧？”我难为情地摇摇头，其实，刚才往前摔倒时，因为双手撑地，手掌心被雪地挫得很疼，虽然戴着厚手套。教练环顾大家说：“大家别笑他。学滑雪，摔跤很正常，关键的是，应该怎么摔？怎么摔才能保护我们不受伤？这才是我们必须要掌握的。”教练指指我，“他刚才摔的这两次，姿势都不对，很容易使自己受伤。在雪地上，正确的摔倒姿势应该是侧摔，即向身体的两侧自然摔倒。”说着，教练将滑雪杖收到腋下，然后，左腿一曲，身体自然而然地向左侧倒下。我们学着教练的样子，曲腿，慢慢地向一侧倒下去。

摔倒，爬起来；再摔倒，再爬起来。几次摔下来，对摔跤的恐惧感还真没了。教练又教我们摔倒后怎么爬起来，怎么站立，怎么往前滑行。

教练终于答应让我们试着从小斜坡上慢慢往下滑了。真想不到，才学习了一个多小时，我就能够滑雪了，可以在雪地上飞翔了。教练叮嘱我们，往下滑的时候，如果速度太快，刹不住，或者前方有人避让不开，那就主动摔倒。在放手之前，教练又不放心地追了一句："记住，有时候主动摔倒，是对自己最好的保护！"

滑雪板沿着斜坡往下滑去，速度越来越快，我左摇右晃，努力保持身体平衡。飞翔的感觉真爽啊！突然，前面的人不知道为什么停在了雪道上，挡住了我的路，而我还不会拐弯。眼看就要撞上去了，我紧张得手忙脚乱，猛然想起教练的话，摔倒！我赶紧侧身，顺势摔倒下去，身体在惯性的作用下，又向前滑行了几米，与停在我前面的那个人擦身而过……

半天学下来，我们已经掌握了基本的滑雪要领。算一算，学习过程中，我摔了近二十跤，妻子则大大小小摔了几十跤，儿子摔得最少。我们都丝毫没有受伤。

想起教练那句话：有时候主动摔跤，就是对自己最大的保护。他说得很对。

老爸那点儿浪漫事

在论坛上看到一个帖子，让大家晒一晒自己老爸和老妈的初恋故事。

帖子一出，跟帖者众，大多是“80后”和“90后”。真没想到，这些二三十岁的年轻人，对自己的父母能够这么了解，更没有想到，那些已经年届半百、整天为生计奔波的老爸老妈们，也有过这么多浪漫的故事。

一个女孩子写道：“老爸和老妈，与他们那个时代的很多人一样，是相亲认识的。第一次见面，老妈就喜欢上了老爸。”那么，是什么让老妈第一眼就喜欢上了看起来木木讷讷的老爸？老妈的理由，让这个“90后”的女孩子完全没有料到。老妈对她说，相亲那天，她老爸自始至终都低着头，没敢正视她一眼。而且，他的脸一直通红通红的，是那种害羞的红。老妈说，就是她老爸脸上的羞红，让自己一下子就看上了他。女孩子感慨说：“仅仅因为脸红，而爱上一个男孩子，在今天看来，简直有点不可思议。”不过，一个懂得害羞的人，还真值得托付一生，像她的老爸一样，女孩自豪地说，“二十多年来，老爸没和妈妈红过一次脸。”

害羞地脸红，这算不得什么浪漫的事情，不过，在这个很多人从来都不会脸红的年代，懂得害羞，至少是一件可爱的事情。

一个男孩子津津有味地讲述自己父母的故事。他的父母是中学同学，毕业之后，各自找到了工作，两个人的关系很一般，平时也没多少来往。有一次，两个人偶然相聚，老妈来到老爸的集体宿舍。当时是初夏，开始有蚊子了。两个人坐着闲聊，老妈忽然看见，老爸的胳臂上停着一个黑点，定睛一看，是一只肥硕的花蚊子。老妈指指老爸的手，示意他有个蚊子正在他手上吸他的血呢。老爸低头瞅瞅，笑着说："早看到了，没事，让它咬吧。"胳臂动都未动。男孩子写道："那一刻，老妈惊呆了，难道自己的同学大脑有问题，连蚊子咬都不知道疼，而且，知道了还由着蚊子咬？老爸继续有一搭没一搭地和老妈聊着，可老妈的注意力全集中在了那只肥硕的花蚊子身上了。过了一会儿，花蚊子估计是喝饱了血，腆着大肚子，晃晃悠悠地飞走了。老妈忍不住问老爸：'蚊子咬你，你干吗不打它，至少赶走它啊？'老爸挠挠头皮说：'我要把它赶走了，它还在这个房间里，说不定就会去咬你；我让它喝饱了，它就不会再咬你了。'"男孩子写道："你可以想象老妈那一刻的表情。从那以后，老妈就经常和老爸见面了。"

说实话，刚开始读到这个故事时，我都有点不太相信它是真实的。这个故事不浪漫，但真的让人怦然心动。

在众多的跟帖中，一个来自农村的女孩子父母的故事，在我看来，是最具浪漫色彩的。女孩子娓娓道来："一个夏天的午后，刚刚二十出头的老爸，突然夹着个厚厚的包裹，顶着毒日头出了门，他要去十里之外的镇上。两个多小时后，老爸汗流浃背，喘着粗气，捧着那个厚厚的包裹，赶回了村里。但他没有回家，而是直奔村头的小翠家。小翠比老爸小两岁，平时喊老爸哥。老爸走进小翠家，将厚厚的包裹放在了小翠的面前。小翠一脸茫然地看着老爸。老爸解开包裹，最外面一层是一件棉衣；打开棉衣，里面是一顶棉帽；揭开帽子，里面露出两只对扣着的碗。小翠惊讶地看着老爸，问：‘哥，你咋了？’老爸神秘地说：‘我去镇上给你买了一根赤豆冰棍。’一边说着，一边用手快速移开上面的碗，呈现在面前的，是一碗酱红的冰水，和一小截木棍……冰棍融化了！老爸呆呆地看着碗里的冰水，喃喃自语：‘我用这么厚的东西包裹着，又跑得那么快，怎么还是融化了呢？’小翠看看碗里的冰水，又看看满头汗珠的老爸，脸唰地红了。”

“你们吃过融化了的冰棍吗？你们知道那碗融化的冰水有多甜蜜，有多温暖吗？”女孩子幸福地写道，“小翠后来就成了我妈啦。这，一点也不意外。”

那些看起来有点老，也有点土的老爸老妈们，发生在他们身上的故事竟然也如此美妙，如此动人。忽然明白，其实，再平凡的生活，你也可以让它变得浪漫。这一点，什么时候都可以做到。

顽固的爱

天气暖和了，将远在家乡的岳父母接过来和我们小住。

白天，我们都不在家，留下岳父母两个人孤独地守在家里。只有到了晚上，我们才能下班、放学回家，一大家人其乐融融地围坐在一起，吃个晚饭，陪二老说说话。

对岳父母来说，快乐的一天也许从这一刻才刚刚开始。

每天我们回到家，热腾腾的饭菜已经在桌上摆好了，岳父母好像算准了我们什么时候到家似的。后来才弄明白，原来每天黄昏的时候，岳母就站在阳台上瞭望，一旦看到我们的身影，就让岳父赶紧将菜热热。等我们爬上楼，走进家门，热乎乎的饭菜刚好摆上桌，勤快的岳父甚至将我们每个人的饭都盛好了。

洗洗手，吃饭。

岳母端起饭碗，看看，然后，毫不犹豫地将碗凑到岳父的碗前，扒拉下一小半。岳父无奈地摇着头。岳母前几年查出有糖尿病，不能多吃，尤其是米饭，吃多了，血糖就会升高。

每次吃饭的时候，都是这样，这似乎成了一道程序。岳母总会嫌岳父给她盛的饭多了，非得将多出来的饭扒拉到岳父的碗里不可。而每次岳母往岳父碗里扒拉米饭的时候，岳父都是一脸无奈，不停地阻止：差不多了，差不多了。

每次都一样。有一天，我终于忍不住了，对岳父说："妈有糖尿病，不能多吃饭，您下次就给她少盛一点嘛，免得她每次都要扒拉给你。"

岳父叹口气说："我给她盛的饭并不多啊。盛得再少，她都会扒拉给我一点。所以，我干脆每次都给她多盛一点点。你妈啊，这是又犯老毛病了。"

老毛病？什么意思？

岳父抬起头，慢慢地回忆说："我们年轻的时候，孩子多，粮食不够吃。孩子们正长身体，胃口很大，必须得让他们都吃饱。那时候，我的饭量也特别大，你妈怕我吃不饱，所以每次吃饭的时候，都会往我的碗里扒拉一点米饭。我知道，其实你妈自己也吃不饱啊。我当然不同意。可是，你妈脾气很倔强的，要做的事情，就一定要做到。久而久之，就养成这个习惯了，每次吃饭的时候，无论碗里饭多饭少，她都要扒拉给我一点。后来，生活条件慢慢好了，再也不愁吃不饱肚子了，你妈这习惯才逐渐改掉了。没想到，现在老了，她的老毛病倒又犯了。"

我和妻子结婚这么多年，还是第一次听说这个故事。我羡慕地对岳父说："妈对您真好！"

岳母插话了，别听你们爸爸瞎说，情况是这样的。岳母说起了她的版本："年轻的时候，我的身材很好，非常苗条。可你们爸爸却嫌我太瘦，弱不禁风的样子，所以，每次吃饭的时候，都会给我盛得满满的，想我吃胖。我才不上他的当呢，你们爸爸给我盛的饭，我都会坚决地给他扒拉回去一点。现在，我都得糖尿病了，还让我吃这么多，我当然又要给他扒拉回去……”

老两口你一言，我一语，各不相让，“吵”得不可开交。不过，我们听出来了，这个顽固的习惯是源于对彼此顽固的爱啊。

我了解到，饭桌上他们还有很多顽固的习惯——

每次吃饭的时候，他们都会顽固地将最好吃、最新鲜的菜放在我们的面前；

他们顽固地喜欢吃鱼头、鸡头、鸭屁股；

剩饭剩菜他们从来都舍不得倒掉，也绝不会让我们吃，而是第二天中午，他们老两口消灭掉……

每一个顽固的习惯，也都是缘于他们对我们顽固的爱。

发现母亲为我们做的每一点

为了让母亲安心地留下来，我们将钟点工也辞了。在母亲看来，有她在，还请别人，那简直是天大的浪费。

自从母亲和我们住在一起，每天下班回家，都有热乎乎的可口的饭菜吃，家也收拾得井井有条。母亲不识字，不会看书读报，连电视也很少看，我们白天去上班，她就一个人在家，东忙忙，西忙忙，一天就寂静地过去了。直到我们都回到家，家里才热闹起来。可是，我们在说说笑笑的时候，母亲往往只是笑眯眯地坐在一边看着，我们说的话题，她永远插不上嘴，而她偶尔讲起的话题，我们又多半不感兴趣。有时候，母亲会默默地一个人拐进厨房，将刚刚洗过的锅碗又抹洗一遍。看着母亲的背影，我的心里忽然酸酸的，我知道住惯了乡下的母亲，和我们住在一起后，其实很辛苦、很孤单、很无奈，我却想不出一个有效的办法，来缓解母亲的孤独。

一天回家，推开窗户，惊讶地发现，窗户上安装的隐形纱窗变得很干净。这套隐形纱窗安装上之后，因为无法拆卸，所以一直没有清洗过，很多网眼都快被灰尘堵住了。今天，纱窗怎么会变得格外清爽、透气？我走进厨房，问正在做饭的母亲："妈，我们家的纱窗怎么都变得这么干净啊？"母亲笑而不语。我真是傻极了，除了是母亲亲手擦洗的，难道还有天女下凡不成？！我嗔怪母亲，我们家虽然住二楼，站在窗户边擦拭还是很危险的，而且，那么脏的纱窗，擦洗起来多费力啊，毕竟母亲是六十多岁的人了。母亲的心情却看起来非常好，连连摆手说："这点小事与我种地比起来，轻松多了，妈还没老到不能干事呢。"话虽这么说，我还是劝说母亲："下次千万别再干这样的累活险活了。"

之后，儿子和妻子也回家了。我问儿子："你瞅瞅，看看我们家有什么变化？"儿子东瞧瞧，西望望，忽然大呼小叫起来："我们家的窗户变干净了，是不是？"妻子也附和道："难怪一进家，感觉比以前亮堂了不少。"我告诉儿子："这是奶奶今天擦洗的。""奶奶，您辛苦了！"儿子冲着厨房高喊了一声。

吃晚饭时，话题不知道怎么又扯到了纱窗上，我再次向母亲表达了我们的惊喜和感激，我发现那天母亲的精神特别好，像个受到了表扬的孩子一样。

又过了一段日子，有一天，我在书房查找一本旧资料。翻了几节书柜，好不容易才在一堆旧教材中找到。将翻开的书归位时，无意间发现书架上一尘不染。说来惭愧，虽然我是个爱书之人，但却很少整理书橱，有时候，某节书柜长时间没用过，再打开的时候，书和书的缝隙之间就会积攒着一层灰尘。奇怪的是，这次书橱竟然这么干净。我走进母亲的房间，问正在做针线活的母亲："我的书房，您是不是整理过了？"母亲紧张地看着我说："是不是我把你的书弄乱了？我是一本一本拿下来，擦干净后，再按照顺序，一本一本摆回去的，怎么还是摆错了呢？"我笑着打断母亲说："没乱，没乱，我是想告诉您，我的书橱还是第一次这么整洁呢。谢谢您，老妈！”母亲一听，咧开嘴笑了，笑得很甜。

我忽然意识到，除了日常生活无微不至的照顾之外，母亲还在默默地为我们奉献很多很多，只是母亲的很多辛苦和操劳都被我们忽视了，而只要你留心发现，并向母亲表达出来，母亲就会特别开心，特别满足。她并非为了我们的感激和表扬，而是因为我们的一个微笑、一个眼神，都会让她感觉到她还是有用的。

自那以后，我就做了一个有心人，每天回到家后，我都会暗自留意，看看今天的家中又有了怎样的变化和惊喜。几乎每一天，我都会有所发现，从未失望：今天的餐具特别干净啊；我的衣服纽扣又被缝上了；今天的被子真香啊，透着一股阳光的味道，白天刚刚晒过吧；今天有道菜，是第一次尝到，母亲刚学来的吧；今天的凉水有股甜味，竟然是母亲坐公交车去山里的泉眼边打回来的水；今天的板凳上面，凉座席都被换成了棉的，坐上去又暖和又柔软……而且，每次有所发现之后，我都会大声地告诉母亲，说出我们的惊喜，也说出我们的感激。每次，母亲都会摇头，连连摆手道：“没什么，没什么。”神情还有点不好意思。可是，我感受到了她内心的满足和欢乐。

别以为亲人为我们付出都是天经地义的，发现亲人为我们做的每一点，并大声地告诉他们吧，那会让我们和亲人之间更加无间，更加亲密，更加温暖。

地铁温暖

和朋友走进地铁，夜半，车厢里空荡荡的，几乎没什么乘客。我找了个双排座位坐下，喊朋友也过来坐，朋友笑着摇摇头，径直走到车窗边，仰头看着什么。

以为朋友是看站名呢，我也好奇地走过去。车窗上方，贴着一张漂亮的张贴画，上面密密麻麻写的全是韩文，一个字也不认识。朋友指着张贴画告诉我，是个地铁故事。朋友看着看着，忽然“扑哧”一声乐了。朋友翻译给我听，这是一个年轻的妈妈写的故事。她说每天都和儿子一起坐地铁，儿子去上学，她去上班。儿子的学校近一点，所以，总是先下车。有一天，她感冒了，身体不大舒服，但一大早，她还是坚持坐地铁去上班。早晨的地铁上挤满了乘客，她有点昏昏欲睡。恍惚中，地铁停了下来，儿子摇晃着她，喊她下车，原来已经到站了。她和儿子一起走下车的时候，才猛然发觉，怎么儿子也跟着自己下了车，难道儿子坐过了站？儿子对她说，他看到她身体不好，担心她坐过了站，想想上学的时间还来得及，所以，到站的时候就没有下车，而是陪着妈妈一起坐到了她要下的站。她写道，幸亏儿子陪着她，不然还真迷迷糊糊坐过了站。儿子一直将她送到地铁出口，才转身返回地铁站，往回坐。她说，那一刻，她发现儿子长大了，有儿子的照顾，真好。

这个简单的故事让我的心也怦然一动。朋友告诉我，首尔的地铁上以前贴满了广告，本来坐地铁就又拥挤又沉闷，十分无聊，加上满眼都是花花绿绿的广告，更是让人心烦意乱。他刚来首尔留学的时候，每次坐地铁，也都是闭目养神，或者听听手机音乐。忽然有一天，地铁的车厢上，不知道是谁张贴了一个纸条，讲的是一个小故事。故事一点也不曲折，但却很快吸引了众人的目光，很多人围着观看，不时有人露出会心的微笑。从那以后，朋友留意到，车厢上不断地张贴出一些新的纸条，每一个纸条讲的都是一个简单而温暖的故事，全是乘客自己写后张贴上去的。有意思的是，地铁公司不但没有像对待牛皮癣一样将这些纸条撕掉，而是顺应民意，开展了一个名为“说故事”的活动，向所有乘客征集有意思的故事，然后，选取一些故事制成精致的张贴画，贴在地铁车厢上，供乘客阅读。这个活动很快得到了乘客的积极响应，一年时间，他们就征集到了几千个故事，很多人都将自己的小故事写出来，与大家分享。这些平凡的故事，成了枯燥、乏味的地铁车厢里一道美丽的风景。

朋友拉着我的手说，我再带你看几条故事——

一个故事是一个年轻女孩写的。她写道：“我每天都要在地铁里摇晃两个小时去上班，这段路程太折磨人了，让我很郁闷。我受到妈妈的启发，她教我用写日记的方法，观察和记录每天上班路上的点滴，现在，我能辨别每一个乘客的表情，是那么的不同而丰富，我感受到每一天都是新的。”

另一个故事是一个小学生写的。他讲述了这样一件小事：“那天，我像平常一样，走进了车厢，人照例很多，站都站不稳，而我背着很重的书包。

路上，不知道为什么，地铁忽然急刹车，很多人前仰后合，差点摔倒。坐在我身边的一位老奶奶，看见我站着很累，就让我将书包卸下来，她帮我抱着。说实话，我真有点不好意思呢。我们是同一个站下车的，走出地铁站，就是一条很宽的马路，早晨的车很多，我就和老奶奶一起，手拉着手过马路，我的同学看见了，还以为她是我奶奶呢。我不认识她，但我倒是真的希望，她就是我的奶奶呢。”

不知不觉，我们到站了。我们走下车，地铁很快又消失在黑洞洞的隧道里。那些小故事还在我的脑海里回荡。我曾经无数次坐过地铁、火车、飞机和公交车，旅程总是漫长而枯燥，而事实上，它们也可以变得有趣而温暖，只需要一段小小的故事，你的、我的，或者他的，人生从来都不应是孤单的。

抱书行走的人

路口，红灯。对面的斑马线上，也站着一群等待过马路的人。远远地看见了他，一个中年男人怀里抱着一大摞书，看起来书有点沉，他的腰微微地弯曲，忍不住多看了他几眼。站在他身边的人，有人挎着时尚的皮包，有人拎着装满东西的袋子，有人拖着行李箱，有人双手插在裤兜里，有人举着手机打电话……他抱着一摞书，显得很另类。

很久没有看到这样的情景了，除了在校园里，看到背着沉甸甸的书包、怀里还抱着书的学生之外，如今，谁还会抱着一大摞书，出现在热闹嘈杂的街头？他是刚从书店买的书吗，还是从附近的图书馆借的？或者是从办公室里拿来准备搬回家的？不知道。这样一个午后，一个陌生的中年男人，因为怀里紧紧抱着的一大堆书，让我眼前一亮。站在他身边等待过马路的人也看到了他怀抱的书，扭头好奇地看着他，但很快，他们就将目光转移到了大街上。街头的人们衣着光鲜、神色匆匆，每个人都怀揣着各自的故事，各奔东西。

绿灯亮了，斑马线两边的人快速地向自己的对面走去。在与他擦肩而过的时候，我瞥了一眼他怀中的书，有新书，也有翻卷了封面的旧书，来不及看清都是些什么书。很快，他淹没在人流中。

我已经有半年没有走进过书店了，已经有一年多没有跨进过图书馆的大门了。在装修新居时，我特地挤出了一间房子做书房，还买来了一个气派的书柜，里面摆满了我以前读过的书，不过，除了有时候躲进书房抽一根烟之外，我已经很久没有打开书柜的门了。

我的很多朋友和熟人与我一样。但是，偶尔，我还是会看到怀里抱着书的人，就像今天我邂逅的这个中年男人。

有一次，在小区门口遇到一位楼下的邻居，怀里抱着一大摞书，像一堆积木一样，走得摇摇晃晃。忽然，最上面的几本书倾斜了，就要掉下来，她慌乱地用下巴去抵住，这使得其他的书也跟着往下滑。“哗啦啦——”她怀里的书全都滑落到了地上。她颓丧地一本本去捡。我赶紧快走几步去帮她。她张开双臂，我将书一本本叠加到她的手上，问她：“需要我帮你搬回去吗？”她笑着摇摇头。我感叹：“买了这么多书啊？”她的脸莫名地一红，忙解释：“其实大多是买给孩子学习用的。”她家住一楼，我经常能从阳台上看到她坐在院子里，手里拿着一本书。重新抱好书，她小心翼翼地往小区里走，从她的背影一点也看不出她怀里抱着的竟是十几本书，倒像是抱着一个孩子。

还有一次是在一辆公共汽车上，乘客不多。上来一个青年，怀里抱着一摞书，走到一个座位边，却没有坐下，而是将怀中的书整齐地放在了座位上，自己站在座位边。还有空位子，他本可以再找一个座位坐下的，却不，就那么站着，随着车的颠簸，不时地弯下身，将快要倾倒的书们扶正。几站之后，他轻轻地将书抱了起来，下车，他的动作那么轻柔、飘逸。

我有时会奇怪地想，他们为什么不找个袋子将书装起来呢，那样拎起来可就方便多了。也许很多拎着包和袋子的人，他们的包或者袋子里也装满了书？有一次我陪儿子去书店买了几本书，付完款后，工作人员给了他一只塑料袋子，儿子没要，他将书抱在了怀里。我问他为什么不用袋子拎，儿子说：“习惯了。”他是个高中生。又补充一句，“抱着书，能闻到书香。不信你试试？”

不用试，我也抱过书，从图书馆到寝室，从书店到家，从一个单位到另一个单位，只是那是久远以前的事了。现在，我已经习惯拎着包，包里揣着手机、钱包、钥匙、香烟和名片。

偶尔看到抱着书在大街上行走的人，他们走过我们身边，带起一阵风，风里有书的淡香。

愿意常见的人

省城有很多老同学。有时候公差或私事去省城，就会想，这次找谁聚聚呢?

有的同学升官了，升得最快的，已经官至厅级。不过，虽然升官了，同学情谊还是一点没淡，外地同学进省城，但凡他们知道了，都会热情款待。聚会的饭店，一定是上档次的；聚会的场面，一定是热闹的。老同学一个电话，就会唤来其他同学陪你，这些被临时喊来的同学，大多也是在官场上混的，不是处长，就是主任。老同学见面，自然要寒暄几句，但一圈酒之后，老同学的话题就转向了，全是官场上的事情，谁谁又升了，谁谁没啥希望了，谁谁有谁谁罩着，谁谁……说的不是你不认识的人，就是你不太懂的官场行话，你尴尬地坐着。半晌，老同学们忽然意识到你的存在，大着舌头招呼你："别客气，吃！别客气，喝！"你讪讪地笑笑。

聚会终于结束了，餐桌上，酒瓶喝空了几个，菜剩下大半桌。老同学豪爽地喊服务员签字埋单，你偷偷瞄了眼，乖乖，好几千块呢，比你一个月挣的工资还多。不过，老同学一个子儿不用自己掏，大笔一挥，签个字就完了。老同学签字时神采飞扬，样子潇洒极了。

这样的盛宴，你却不懂得领情，此后再也没去找过他们。

有的同学，发财了，自己开了公司，做了老板，挣了大钱。你到了省城，去找他，他很开心。不过，他很忙，电话一个接一个。见状你要告辞，他一脸不高兴："老同学千里迢迢来了，不请你吃个饭，还像话吗？"你抹不开面子，留了下来。晚饭照例是在某个豪华的大酒店，订的是气派的包厢。你正思忖着，就你和老同学两个人，这场面也太隆重了，门开了，又来了一帮人。老同学赶紧站起来，谦恭地将来人一一介绍：这是工商局的蔡局，这是税务局的黄处，这是刘总，这是胡经理。完了，指指你，对大家说："这是我外地来的一个同学。"你突然明白，宴席是早预定好的，你只是赶巧碰上罢了。酒席上，老同学毕恭毕敬地一杯杯敬酒，还附在你耳边悄声说，这些人都是他的财神爷，帮帮忙，多敬他们几杯，让他们高兴高兴。本来一路颠簸，你又累又饿，这会儿却一点胃口也没有了。

你也再没找过那个同学。

想来想去，每次去省城，你必定要找的，只有他了——睡你下铺的兄弟。他没升官，也没发财，和你一样，在一家单位朝九晚五地上班，下班，辅导孩子，自己看看书。听说你进城了，电话里跟你说："一会儿就下班了，直接上家里去吧。"他家你是认识的，去了很多次，在省城众多的老同学中，也只有他的家，你去过。此外，再也没有人邀请你上他们的家中去过，与他们见面的地方，不是宾馆的标准间，就是饭店，或者茶楼。

你坐上熟悉的公交车，到了同学家附近的站下车。门锁着，同学还没回来，没关系，小区门口坐一会儿，同学就回了，手里一定还拎着你喜欢吃的烤鸭、油炸花生米、臭豆腐干什么的，这就是你们的晚饭了。天冷的话，一人一瓶二锅头；如果是夏天，那就一人一瓶啤酒。不用拼，不用劝，抿一口，搛口菜，聊聊近况，扯扯开心的事、烦恼的事、棘手的事，互相安慰几句、鼓励几句，再吧唧吧唧以前在一起的趣事，时间就慢慢地过去了几个小时。也不着急，弟媳妇已经热好了暖胃的菜泡饭。

有时候，弟媳妇不在家，老同学就会领着上小区边上那家小饭庄，找一个僻静角落，点两三个小炒，仍然是一边吃，一边聊，讲到会心处，两人哈哈大笑。埋单也不用争抢，几十块钱的事，他掏和你掏，一样。

有的人，我们愿意经常见一见、聚一聚、聊一聊；有的人，却离我们越来越远。

把租来的房子变成家

小张又搬家了，这是她在这个城市租住的第四处房子。

她的工作流动性很大，每次工作一变动，为了上班方便，她就会在单位附近重新租个房子，搬一次家。好在她的家当也不是很多，每次搬家，都是我们几个朋友帮忙。

来回几趟，我们就将小张事前打好包的物品都搬进了新租的房子里。这是一个小套的老式住宅，看得出，房东将这个房子专门用来出租的，简单的家具等基本设施都齐全，也还算干净清爽，连窗帘都是现成的，虽然旧了点，颜色稍显黯淡，但还是能凑合着用的。

小张打开一个包裹说："你们个子高，还得请你们帮个忙，帮我将这个旧窗帘卸下，换成我带来的窗帘。"说着，从包里面拿出一幅天蓝色的窗帘。有人笑着打趣说："这不有现成的窗帘吗，干吗还要换？反正你又不会住很长时间的。"小张摇着头说："虽然很难说我会住多久，可是，用别人家的窗帘，你就会觉得总是住在别人家，这感觉一点也不好。"

我们很快就将原来的窗帘卸下，换成了小张自己带来的窗帘，房间里一下子显得亮堂了不少，也温馨多了，似乎有了点女主人的味道。小张摊摊手说："你们可以回了，剩下来的事，我自己就可以对付了。"

第二天，小张邀请我们几个帮忙的朋友上她新租的小屋聚一聚，算是感谢。

下班后，我们准时赶到。小张扎着围裙，为我们打开了门。走进去，我们一下子愣住了，简直不敢想象，昨天还堆得乱七八糟的小房子已经被拾掇得整齐干净，好像有一双魔法的手一样，将小小的出租屋彻底改变。

先是一个朋友发现了墙上挂着的一张照片，是一张全家福，小张夫妻俩抱着孩子坐在草地上，三个人都笑得很甜蜜。小张的家在邻省，只有她一个人长年在这座城市工作。原本陈旧灰暗的墙壁，因了这张照片而温暖起来。

紧接着，一个朋友看到了书桌上摆放的一盆兰草，还有一只小型的金鱼缸，缸里面几条红色的金鱼欢畅地游来游去。我们不记得昨天搬过这两样东西啊。小张笑着说，在前面租的房子里，其实她也养了几盆花草，因为搬着不方便，就索性留下来给后面的租户了，这盆花和金鱼都是她新买的。在灯光的侧影里，兰草画出一道道优雅的线条。

我们好奇地搜寻着小房子里每一处细微的变化：原来的旧餐桌上新铺了暖色的桌布，让人感觉暖融融的；厨房里锈迹斑斑的水龙头被擦得锃亮；油漆剥落的衣柜上多了几张彩色大头贴，使笨重的旧橱子透出几分可爱的调皮来；原来孤零零地悬挂在屋顶中央的白炽灯泡，换上了温暖的橘黄色；铁门后的卡通挂勾上挂着女主人的外衣和丝绸围巾……你完全想象不出来，这里昨天还是一个普通的陈旧的有点乱的出租房。我们笑着对小张说："看样子，这次你是准备长期住在这里了。"

小张却直摇头，说："也许和以前一样，只是住一段时间，一年或者半载吧。”

我们不解地看着她说：“既然并没打算长期住，干吗费这么大劲啊？”小张笑着回答：“也没费什么事啊，我只是把它当作自己的家，整理布置了一下，我不想把它只当作一个出租房来住。既然我每天住在这儿，生活在这儿，我就希望它是个家，像家一样温馨，一样温暖，一样舒适。”她忽然歪着头反问我们，“你们不觉得，我这小房子就是我的家吗？”

她说得对，你在的地方，就是家，它与我们走进的任何一个普通的人家一样，到处都弥漫着家的温暖气息。

让苍蝇飞

奶粉、糖果、鸡蛋、红糖……这些甜蜜的食物都是给苍蝇准备的。

幸福的苍蝇们住在一个两居室的套房里，房间里还安装了加热棒，甭管室外多冷，它们的卧室里都始终保持着十六度，这是春天的温度。快乐的苍蝇们满足地飞来飞去，飞累了，就停下来，吮口糖，或者舔点奶粉，或者在鸡蛋上钻个孔，或者干脆什么也不干，就簇拥在一起，谈谈恋爱什么的。没错，谈谈恋爱，孵卵产仔，这就是它们生活的全部内容。拿糖和奶粉喂养它们的人，唯一的希望就是它们多多孵卵。在它们短暂的二十八天的一生中，每只大约会产下二十多万只卵，如果这些卵全部孵化成蝇，飞过一个人的头顶，完全可以遮天蔽日。

有人疯了吗？拿这么好的食物来饲养苍蝇，难道我们周遭讨厌的苍蝇还不够多吗？

养这些苍蝇的是我的一个朋友。

他是一个养殖户，饲养了三千多头猪、一万多只鸡，还有水塘里几万尾鱼苗。光三千头猪，每天产生的粪便就有四吨多重，一个月下来，可以堆成一座小山。如何处理这些猪粪，成了他的一块心病。以前还有人担去做农肥，后来，周边种地的人越来越少，几乎没人再来担粪了，他只好花钱雇人将这些粪便填埋，不但花钱费力，还污染环境。

正当他愁眉不展时，一只苍蝇嗡嗡地从他的面前飞过。他忽然灵光一现，可不可以让苍蝇来帮忙？一查资料，还真有一种学名叫工程蝇的苍蝇，是可以借用其力的。说干就干，他腾空一套房子，购买了种蝇，开始了他的养蝇事业。

苍蝇飞来飞去，飞出了一条生态养殖链——

蝇喝牛奶、吮糖果、吸鸡蛋、产卵，卵孵化成蛆，蛆投入粪堆中处理粪便，粪便中的病菌是蛆的可口食物，被蛆吸收、利用、分解、处理过的粪便成为无味的有机肥，用来种植蔬菜和果树，而养得肥肥的蛆则成为优质的高蛋白饲料，拿来喂鸡和鱼……废物全部转化为宝。

苍蝇飞来飞去，在养殖链后形成了巨大的经济链，为朋友带来了十分可观的收益。蛆处理的粪便，成本很低，而处理后形成的有机肥的价值却很高；蛆更是养殖鸡、鱼等的最佳饲料，用蛆饲养的鸡鱼，因为富含高蛋白，价格远高于其他饲料养殖的。

不过，最让朋友开心的，还是曾经笼罩在养殖场上空弥散不去的猪粪味没了。原来，经过蝇蛆处理的猪粪味荡然无存。蝇蛆这让人看起来有点恶心的东西，没想到竟然是除臭高手，它们拱来拱去，粪便就被净化了。

我无法体会朋友对苍蝇的好感，但我能够理解苍蝇对于他的意义。这个四处游荡、到处产卵、整天嗡嗡乱飞的家伙，实在令人讨厌。对待一只苍蝇，我常用的工具是苍蝇拍，以及鄙夷、憎恶的眼神，只要发现它们的踪迹，我一定会紧追不舍，直至将其消灭。我没想到，一只苍蝇也可以飞出别样的姿态来，它原来也可以活得有意义。

我仍然无法喜欢一只苍蝇，但我尊重它的劳动。那就让它们在它们可以创造价值的地盘上飞吧，飞出它们自己的舞蹈。

特价菜

单位边上有家中式快餐店，是一位老乡开的，我的中午饭都是在那里吃的。

每顿饭，我都是点一份荤菜、一份素菜，加一个汤、一碗饭，十几元钱，十几分钟，就解决了。附近还有几家快餐店，几家店菜品差不多，价格差不多，环境差不多，就连装修风格也差不多，所以竞争异常激烈。快餐店的客人以周边单位的上班族居多，每个人的消费水准基本上也都差不多，两三份菜，十来元钱，偶有三五结伴的，围坐在一起，点七八份菜，也就三五十元。来这儿吃饭的，都是图个快捷、方便、实惠。

那天又去吃午饭。因为有事耽搁了，去得迟了点，已过了高峰期，顾客不是很多。我照例点了两份菜一个汤，找了个空位子，坐下来，一边慢慢地吃，一边无聊地张望，看有没有熟人。没有。却意外地注意到了一个坐在我斜对角的人，中年，黑瘦，穿着已经辨不出本色的工服。他的面前只有一份菜——青椒土豆丝，那是快餐店本周的特价菜，每份只要两元钱。特价菜是老乡的快餐店推出的竞争手段之一，每周都会推出一道，这周是青椒土豆丝。他埋头吃着饭，狼吞虎咽，一会儿，一碗饭就吃完了，桌上的菜竟然还剩下一半多。他站起来，又去盛了满满一大碗。和所有的快餐店一样，老乡的这家快餐店也是只要花一元钱买一份饭，就管吃饱，添饭不用花钱。

我也低头吃饭，尽量不去看他，以免引起他不适。才吃了几口，见他又站起来，去盛了大半碗饭。看得出，他是干体力活的，饭量大得惊人，不过，就那么一份土豆丝，他竟然能吃下三碗饭，才更令人刮目。我甚至替开店的老乡想，要是顾客都像这个人，老乡的这个店怕是撑不下去。

晚上要临时加班，懒得来回跑，我决定还是就近去快餐店解决一下。来吃晚饭的顾客不多，买好饭菜，我又找到中午坐的位子。刚坐下，惊讶地看见斜对面的位子上埋头吃饭的中年人，黑瘦，穿着看不出本色的工服，这不是中午看到的那个人吗？更让我惊讶的是，他的面前还是只有一份菜——特价菜青椒土豆丝。他埋头吃得正香。

好奇心促使我此后几天都留意了一下，有时候能看见他，那个黑瘦的中年男人的面前也永远只有一份青椒土豆丝，中午是，晚上也是，今天是，明天还是，直到下周新的特价菜推出来，才换掉。不独他，一留意我才发现，还有好几个人都是民工模样，也都是只点一份特价菜、一碗饭，一连很多天都是这样。我的心里酸酸的，我知道，他们挣钱不易，连吃饭的钱都一分一分地抠下，然后寄回老家，供孩子上学、老人看病，或者攒着盖房子。可是，我又替开店的老乡揪心，他从乡下跑到城里来开这家快餐店，也殊为不易，至今还欠着十几万的银行贷款呢。

一直想找个机会，提醒下开店的老乡，想个周全的办法，解决这个问题。可是，每次看见他，他都混在伙计堆里，忙前忙后，似乎连停下来说句话的时间都没有。

月初的一天，我又去快餐店吃中饭，惊奇地看见挂在柜台前的特价菜牌子换了，原来写的是“本周特价菜”，现在改成了“每日特价菜”。我问服务员牌子是不是写错了，服务员笑着说：“没错啊，我们老板是将每周特价菜改成了每日特价菜啊。从今以后，每天我们都会推出一份不同的特价菜。”

店老板在人群中穿梭忙碌，如果不认识他，你会将他当成一个跑堂的小伙计。他的脸上挂着笑容，从我面前匆匆走过的时候，冲我点了点头。看着他挂在脸上的汗珠，我恍然明白了他的心意。

我埋头吃饭，饭很香。

侧 身

一个小胡同里，两辆小车相向而遇，胡同太窄，无法错车，其中的一辆车必须倒回路口，让另一辆车先通过，才能互相通行。好在胡同不长，倒回去并不难，可问题在于，谁倒回去？两辆车谁也不肯往回倒。一辆车的司机探出脑袋朝对方喊："你离路口近，你倒回去。"对方也探出脑袋，大声说："我先开过来的，你明明看见我了，还往里开，应该你倒回去让我！"僵持不下，谁也不肯往回倒，胡同就这样被堵了个严严实实。一个司机生气地说："我有的是时间，看谁耗得过谁！"另一个司机愤怒地回敬："大不了请半天假，奉陪到底！"两个人都将车熄了火，面对面地停着。一个司机坐在车里，打开音乐，闭目养神；另一个司机走下车，不停地打着电话。时间一分一秒地流逝，直到路人实在看不下去了，报警。警察赶到，强行将两辆车都挪开，胡同才恢复通行。时间已经过去了一个多小时。

无论哪辆车倒回去，都用不了一两分钟，却因为互不相让，而耗费了一个多小时，且各自都憋了一肚子的气。这么简单的一笔账，很多人就是算不过来。

以前在农村，经常看到一条窄窄的田埂上，两个挑着重担的人相遇，他们通过的方法简单而绝妙。其中一个人会站住，侧身，将肩上的担子横过来，与田埂形成一个交叉角；另一个挑担子的人，走到他前方时，也会将身子侧过来，使肩上的担子与对方的担子保持平行，让担子的一头先过去，然后，一只脚从对方身边跨过，顺势将肩上的担子挪移到另一个肩膀上，这样，两个人擦肩而过的时候，肩上的担子也顺利地交叉、通过。那么狭窄的田埂，两个各自挑着重担的人竟然能安然无恙地通过，秘诀很简单，就是都侧一侧身，给对方腾挪出一点空间。而在交会的时候，两个农人还会气定神闲地打个招呼，问候一声。

侧个身，既是给对方留下空间，也是给自己留下余地。一个多么简单的人生道理，却总有人不明白，或者不愿意，结果造成势不两立，两败俱伤。

有家单位拟在内部提拔一名干部，最具竞争力的两个人的能力、水平、资历都不相上下，谁上去都有可能。竞岗演说、民意测试，又是旗鼓相当。暗地里的角逐开始了，从拉关系、说情，到送礼、跑路，两个人都使出了浑身解数。事情发展到最后，两个人甚至互相写匿名信，举报、攻讦、中伤对方，一时间弄得乌烟瘴气，久战不决。其实，在当初讨论提拔人选时，领导层就已经考虑到了两个人的综合实力，拟提拔一名，再将另一名安排到一个职位相当的重要部门任职。孰料事情会弄到这样不堪的一步，上级决定舍弃这两人，而从另一个单位调任一名干部。至此，两人不但都没有获得升迁，还成了仇人，并在单位落下了非常恶劣的印象和笑柄。

人生就是一条路，这条路难免狭窄逼仄，甚而坎坷艰难，但路是人走出来的，路也是大家共同的，别人都有路可走了，你也才有路。有时候，为相遇的人侧侧身，甚至退后半步，就会豁然开朗，海阔天空。

侧身，既是给身体挪点余地，也是给自己的心腾出一点空间。这颗心唯有空灵一点、通透一点、大气一点，才能包容人世万物。

改变世界的力量

儿子让他去城里住几天。儿子大学毕业之后，在城里找了工作，谈了女朋友，结了婚，现在，总算也买了属于自己的房子。这都是儿子自己努力的结果，他这个当爹的，基本上没帮上什么忙，除了当年供他上学之外。听说这几年城里的房子贼贵，一个卫生间就远远超过他家四间大瓦房的钱，换句话说，即使他和老伴将乡下的老宅卖了，连给儿子买个茅坑都不够。

城里他也是待过的，那还是十多年前的事了。那时候，儿子刚考上大学，这可是整个村庄的骄傲。可是，高昂的学费让他犯了难，靠土疙瘩里抠点钱，根本担负不起。不得已，他也进城了，加入了农民工大军。他没文化，又没技术，只能找最脏最苦最累的活，他扫过马路，帮人家看过仓库，做过扛包的苦力，在毒日头下挖过一个个坑，汗流浃背地踩过三轮车，最后，一个做包工头的老乡，将他领了过去，在老乡的施工队里做小工。老乡的施工队盖了一幢又一幢楼房，眼看着一片片光秃秃的土地上竖起一幢幢漂亮的房子，他眼睛都看直了，城里的房子可真漂亮啊。工友们见他看傻了的样子，跟他逗乐取笑："你也给儿子先买一套吧，这样，儿子将来毕业了留在城里，就算有个根了。”他嘿嘿干笑几声，就他那点工钱，勉强供儿子上学用，年底了，连回家的路费往往都得跟工友借，在城里买房子？下辈子吧。

还是儿子有出息，工作才五六年，就在城里买了房子，虽说房子很小，又破旧，是十几年前的老房子，听说还向银行贷了一大笔款，但到底在城里有了自己的窝。而且，人家银行肯将钱借给你，凭什么？说明你可信，有能耐，能还得起。他想，儿子在城里，这就算真正站住脚了，不像自己，虽然也在城里流血流汗打拼了三五年，可是连个小小的印记都没有。谁知道他也在这个城里生活了几年呢，施工队盖过那么多房子，但他不是瓦工，没砌过一块砖；不是木工，没刨过一根木；不是电工，没拉过一根电线……他只是个小工，搬来运去，扛东递西，几乎每一粒黄沙、每一块水泥、每一块板材上，可能都留下过他的汗水，但仅凭这一点，就认为楼房是自己盖的，他可不好意思说。儿子大学毕业后，他就拖着疲惫的身子回到了乡下，他太累了，身子骨已经不行了，而且，他也实在放不下地里的庄稼、圈里的牲口，还有厨房里的老伴。

又要进城了，这让他有点激动。他不知道，好多年过去了，城里变成什么样了？十几年前，新盖的楼房、高大的脚手架、睡过的低矮的工棚、黑乎乎的饭盒子……排着队从他面前闪过。忽然，有一抹浅浅的绿色一闪而过，那么绿，那么翠，那么嫩。他想啊想啊，终于想起来了。对了，就是它，爬山虎。那天，在杂乱的工地上，他发现了一株爬山虎的幼苗，从一堆建筑材料中探出了几片嫩芽。他认得它，乡下到处都能见到它的影子。如果是在庄稼地里见到它，他会毫不犹豫地将它连根拔起，扔掉。可是，现在是在城里，在到处是砖头水泥和钢筋的建筑工地上，这一抹绿显得那么无辜，那么脆弱，也那么好看。他弯下腰，小心翼翼地将它连同边上的泥土一起挖了起来。然后，他找到一幢刚竣工的楼房墙角，将碎砖碎瓦扒开，种了下去，并从工棚后面，为它弄来了几捧泥土覆盖在它的周围。种下爬山虎不久，他们就搬到了另一个工地去施工了，他也慢慢忘记了它。不知道为什么会突然又想起它，也许那是在他看来，唯一带给这个城市的改变吧。这么多年过去了，那株当年的爬山虎也许早枯死了，或者什么时候被人当作野草拔除掉了。

儿子在车站接到他，然后一起坐公交车，回儿子的家。城里的变化太大了，他完全认不得它了。

辗转来到儿子住的小区。是个老小区，房子都有点破旧了，很多房子的外墙变得斑驳，与周边的新小区相比，显得有点寒酸。模模糊糊有点印象，但他不能确定，当年他们有没有在这个小区施工过。

儿子的家在二楼。只有一个房间、一个客厅，客厅还正对着另一幢楼的外墙。儿子没有足够的钱买面积大一点、朝向好一点的房子。他拉开客厅的窗帘，突然怔住了，只见对面那幢楼的墙壁上爬满了爬山虎，从儿子家客厅的窗户望过去，郁郁葱葱，就像一片绿色的海洋。

他问儿子："对面墙上的爬山虎，是谁栽种的？"儿子回答："听老邻居说，那幢房子刚交付时，就有了，也许是飞来的种子扎了根，也许是有人无意间种下的。也没人特别在意它，十几年下来，就爬满整面墙了。"

他的眼睛忽然有点涩，有点湿，有点热。他揉揉自己的眼睛，他不能确定，它就是自己种下的那株爬山虎，但他想，不管是谁种下的，它改变了一面墙，也改变了这个世界。

老爷子的路线

儿子媳妇工作都很忙，老爷子不得不从遥远的乡下赶来城里，照顾孙子。

孙子已经上小学了，学校离家有三四公里远，但有公交车可以直达。按照儿子的意思，每天早晨，老爷子将孙子送到公交车站就可以了，不必到学校接送。可是，老爷子却坚持要将孙子送到学校大门口，再自己回来。老爷子担心城里的车太多，人太杂，不安全，儿子也只好依他了。去的时候，老爷子是领着孙子坐公交车的；回的时候，老爷子却从来不坐车，而是步行回来。好几公里呢，得走多长时间啊。有几次，两三个小时过去了，家里的电话还没人接，说明老爷子还没有回到家，这让儿子无比担忧。可是，不管别人怎么劝，老爷子就是固执地不肯坐车，而是一路走回来，风雨无阻。这到底是为什么呢?

百思不得其解的儿子，决定要搞清楚真相。他请一个朋友帮忙跟踪下老爷子，看看老爷子在送孙子回来的路上，到底忙些什么。

这天，老爷子照例将孙子送到学校门口。看着孙子蹦蹦跳跳走进校园了，老爷子返身往回走。

走不多远，老爷子进了一家小吃店。很简陋的一家小店，是一个破旧的工棚改建的，一看就属于违章建筑，估计不久，就会被拆除了。进出小吃店的都是民工模样的人。店主和老爷子似乎很熟，热情地打着招呼。不一会儿，老爷子的面前摆了一碗黑乎乎的糊辣汤。老爷子出门的时候吃过早饭了啊。没吃饱？老爷子一边吃，一边和店主闲聊着什么，很投机的样子。老爷子满头大汗地吃完了糊辣汤，又坐了会儿，付账，起身和店主告辞。

老爷子继续往家走。走了几百米，老爷子突然拐进路边的一个胡同。这是一个城中村的入口，往里走不多远，老爷子在一家小理发店门前停下了。理发店好像刚开门，一位五十来岁的老师傅正在打扫，见到老爷子，很开心的样子，搬出一把椅子，让老爷子坐下，两个人大声地说着什么。说着说着，老爷子和老师傅会突然哈哈大笑起来。正聊着，有个老人慢腾腾地走过来，像是要理发，老爷子站了起来，挥手和老师傅告别。

老爷子没有回到大路，而是继续朝里走。穿过这个城中村，再绕过一个临时搭建的简易菜市场，也可以回到家。但这条路儿子很少走，他平时都是开车走大路的。大路很宽敞，很繁华，谁会在意高大建筑物后面的那些角落呢？

拐个弯，老爷子在一个修车铺前停下来了。修车的是个年轻人，正在忙碌着。地上反架着一辆自行车，还有一辆被卸了轮子的摩托车，这都是要修理的，看来今天的生意不错。年轻人看见老爷子，咧嘴笑了一下，继续忙他的活，粘着油污的脸，很灿烂。一个三四岁的小男孩从铺里跑了出来，老爷子一把逮住他，小男孩见是老爷子，并不害怕，反和老爷子嬉闹起来。这时候，又从铺里走出个年轻妇女，怀里抱着个幼儿，一边呵斥着小男孩，一边和老爷子打着招呼。老爷子乐呵呵地笑着，摸摸小男孩的头，走了。走出很远，小男孩忽然对着老爷子的背影高喊："明天还来啊。"老爷子扭头，很认真地冲小男孩点点头。

前面就是菜场了。菜场后面有条路可以绕过去，老爷子却走进了菜场。走几步，停下来，看看，摸摸。儿媳妇每天一早，就上小区门口的大菜场买好了菜，不需要老爷子再买菜了。老爷子看到那些青翠欲滴的蔬菜，就忍不住停下来多看一眼。最后，老爷子在一个菜摊前停了下来，称了一把菜，然后，掏出烟，递一支给卖菜的老汉，自己点一支。卖菜的老汉，哆哆嗦嗦点着烟，两个人隔着摊位，一边抽着烟，一边聊着什么，夹杂着卖菜老汉的咳嗽声。

最后，老爷子拎着一把菜回到了宽阔的公路上。这里，离儿子住的高档小区就只有百米远了……

朋友一五一十地将老爷子的回家路线告诉了儿子。儿子问朋友，听到老爷子都和他们说什么了吗？朋友一脸茫然地说："老爷子和他们讲的，好像都是你老家的方言，我根本听不懂。"方言？儿子陷入了沉思。在这个城市里，有好几千名来自家乡的打工者，他们分布在这个城市的各个角落，他和他们生活在完全不同的轨道上，他很少留意他们。他恍然明白，年轻时曾是生产队长的老爷子，为什么会找到并乐于沿着那样一条路线回家了，也许是因为他听到了久违的乡音，也许是因为他嗅到了难舍的乡情，也许……

菜的前身是植物

和朋友到南方出差。在城郊闲逛时，路边遇见一位卖菱角的老农，篮子里的菱角，色泽青翠，个个饱满。一问，原来都是从老农身后的池塘里刚刚采摘上来的，难怪这么新鲜。朋友一下子买了好几斤，但向老农提了个要求，就是帮他到池塘里，采摘一棵有茎有叶的完整菱角送给他。老农不解其意，但还是乐呵呵地走上岸边的小划子，划到水中央，拎起一棵菱，轻轻一提，像拉网一样，拽上来一棵完整的菱角。

回到岸上，老农将手中的菱角递给朋友。我和朋友都惊讶地张大了嘴巴，没想到菱角竟然是长成这样的，像伞一样张开的叶丛中悬挂着几个还没有成熟的小菱角，而整棵菱角，有茎，有叶，有泡，有根，有须，最奇怪的是，它的根竟是从一个老菱生发出来的。以前也吃过菱角，却完全不知道整棵菱角是这样的形状。朋友小心翼翼地将整棵菱角收好，装进袋里。见我疑惑，朋友笑着说，带回家给孩子看一看。

真是一位有心的父亲。回城的路上，我们的话题从那棵完整的菱角自然散开。

朋友告诉我，每次去市场买菜，他都有一个习惯，就是专挑那些有根有枝有叶的蔬菜买。除了因为这样的菜更新鲜之外，朋友解释说，他的目的，是让孩子看看一棵菜的本来的模样。

有一次，朋友在买菜的路上看见一个挑着担子的农妇，筐子里全是连秆的毛豆，秆子上一串串的毛豆，翠绿、饱满，豆荚上的白色绒毛清晰可见，显然是刚从庄稼地里收割上来的。朋友拦下农妇，说服农妇卖几秆给他，农妇好奇地挠着头皮，还是头一次遇到有人这样买毛豆呢。朋友抱着毛豆秆回到家，放学回家的儿子看到毛豆秆，一脸兴奋，拿起一棵毛豆瞅了半天，嘴里嘟囔着："原来毛豆是这样的啊。"小家伙还第一次主动帮爸爸剥毛豆粒，小手从豆秆上摘下毛豆，吃力地剥开豆荚中的豆粒，再摘一棵。朋友说，那时候儿子上幼儿园大班，以前别说让他帮忙干点家务活，连吃饭都得哄，没想到，连秆的毛豆会让孩子产生如此浓厚的兴趣。

自此之后，再去市场买菜，只要碰到连根带叶的，他都会买下。一般人买菜，都会让卖菜的将根啊须啊叶啊枝啊什么的都剔除掉，买的是净菜。朋友不同，他总是尽可能地买下根须完整的菜。而每次买菜回家，儿子都会跑过来，好奇地翻翻看看爸爸的菜篮子里又多了什么他还没见过的宝贝。在孩子看来，爸爸的菜篮子就像一个百宝箱一样，经常带回来一些陌生而神奇的菜。

后来，朋友在菜市场上认识了一位菜农，他卖的菜都是自家菜园子里种出来的。朋友大喜，和菜农约定，今后有什么新菜上市的时候，给他带一棵连秆连叶的。菜农不明其意，朋友告知缘由，菜农非常乐意帮忙。这位菜农带给过朋友一棵辣椒，上面既有青的辣椒，也有红的辣椒，还开着一两朵尚未结果的辣椒花。朋友说，不但儿子没见过，他自己以前也一直以为，青辣椒就是小的青辣椒长大的，红辣椒则是小的红辣椒长成的。还有一次，菜农带给他一串连蔓叶的番薯，一根藤蔓上挂着大大小小十几个番薯，有趣极了。已经上小学的儿子喜出望外，亲热地抱着番薯，就像抱着心爱的玩具一样，多少天都没舍得吃掉。以前儿子也吃过很多次烤番薯，以为番薯天生都是一个一个的，谁知道它们竟然是一串一串的呢。朋友趁机和儿子一起上网搜索查看，对番薯有了更多的了解。恰好几天之后，一篇课文提到番薯，儿子大出风头，在课堂上将自己了解到的番薯知识讲给同学们听，连老师都刮目相看。

有时候，朋友也会利用双休日，带着儿子到郊外去踏青，看看地里的庄稼和蔬菜。每次郊游，儿子都会有一些田园风光之外的意外收获。而每次出差到外地，朋友也都会逛逛当地的农贸市场，遇到当地产的蔬菜，他都会买上几棵连根带叶的捎带回家，这成了他每次出门带给儿子的最好礼物。朋友说，现在，儿子已经读中学了，对生物特别感兴趣。这也许就是潜移默化的作用吧。

看着朋友手里拎着的菱角，我忽然明白，菜的前身是一株有生命的植物，而我们却常常忽略了它。除了能给予我们营养，它还可以告诉我们一些关于生命的意义。

大家有，才是真的有

朋友是个成功的商人，也是个潮人。

二十世纪八十年代，我们工资只有七八十元的时候，他就靠倒买倒卖一夜暴富，成了万元户。率先富裕起来的朋友第一个吃螃蟹，在家里安装了一部电话。其时，电话还是稀罕之物，别说一般家庭，很多单位也就一两部电话，所以，经常听到有人大声吼叫："某某，电话！"一部电话安装费要三千多元，是一个家庭几年的收入，没几户人家安装得起。

朋友家的电话慢慢地成了一个高档摆设。大家都没电话，只有他有电话，他能打给谁呢？我们有事找他，即使想给他打个电话，可是那时候街头的公用电话比公共厕所还难找，他家的电话因而难得"丁零零"地悦耳地响起来。有一天半夜，朋友家的电话铃声响起来了，一接，人家打错了。多郁闷啊。朋友每次看到我们，都极力怂恿大家，赶紧都在家里安装一部电话吧，这样联系起来就方便了。我们点点头，又摇摇头，安装不起啊。直到若干年之后，我们的工资涨了，电话初装费降下来了，大家才先后安装了电话，朋友家的电话才算热闹起来。

时间到了九十年代。朋友的生意渐渐大了起来，又率先花了两万多元，购买了一部砖头一样的大哥大，拿在手上，跟香港电影里的黑帮老大一样，威风极了。可惜，朋友这部时尚且昂贵的“砖头”还是没派上多大用场，因为我们这些穷朋友，谁也买不起，用不起。朋友要找我们，仍然只能打我们的固定电话，而如果我们碰巧不在电话机旁边的话，就算电话铃声再响，也没辙。每次遇见我们，朋友都会摇晃着手中的“砖头”，细述它的诸般好处。那还用说吗，但除了羡慕，我们只能同情它所受到的不公正待遇了。直到若干年之后，我们的收入多了，“砖头”也变薄、变轻、变便宜了，我们才一个个武装起来，朋友的大哥大也跟着换成了平民的称呼——手机，才又热闹起来。

二十一世纪之初，朋友的生意像滚雪球一样，日进斗金。朋友也再一次赶上了时髦，买了台285电脑，还开通了电话上网功能。当朋友跟我们炫耀地讲起互联网的时候，我们还以为他家的电脑可以下水塘捕鱼。这让他笑歪了脸。他告诉我们，有了电脑，上了网，真是太神奇了，可以将世界各地拉到眼前，想查什么，想看什么，想了解什么，点一下鼠标，就全OK了。朋友得意地说，上网之后，还可以在聊天室与天南海北的人聊天、玩游戏、看电影、查资料，应有尽有，虽然网速太慢了点儿。朋友撺掇我们，都赶紧买台电脑吧，这样，我们这些朋友，一根电话线就可以连接起来了。确实太神奇了，可是，我们要买房子，老婆下了岗，孩子要上学，我们哪有闲钱啊。朋友只能摇着拨浪鼓一样的脑袋，一个人孤独地遨游在他神奇的电脑和网络世界里。直到若干年之后，我们总算攒够了闲钱，买了台485电脑，上了网，才在网络世界里，和朋友相遇。

不久前，朋友邀喝茶，兴奋地告诉我们，他又倒腾了一块土地，赚了个盆满钵满，而且，也再一次赶上了时尚的步伐，托人从国外买了台iPhone 4S，问我们有没有买。朋友晃晃手中的iPhone 4S说，这玩意真是太奇妙了，可以上网，可以视频，可以飞信，可以看电影，可以……一句话，只有你想不到的，没有它办不到的。朋友劝我们，太好玩了，赶紧都买一台吧，这样我们就可以用最先进的iPhone 4S联络了。我说："我有手机，也有电脑，至少暂时没必要花冤枉钱用这个东西。"朋友叹口气，幽幽地说："每次虽然我拥有了最先进的东西，但因为你们这些朋友都没有，我的那些看起来很先进的东西其实也没什么用处。而只有等到你们都拥有了，它们才有价值，也才能给我带来真正的便捷和快乐。"

我看着朋友，点点头。朋友忽然话题一转说："这些年，我确实赚了不少钱，也赶上了每一次潮流，可是，我发现，赚的钱再多，用的东西再时尚，也并没有给我带来多少真正的快乐。相反，很多时候，我越来越感到孤单和寂寞，一个人拥有的东西再多，又有什么意思呢？"朋友将手中的iPhone 4S往边上一扔，对我们说，"你们有空的话，陪我去老家的山区转转吧，我听说，那里的孩子上学连早餐都没得吃，我想去建几所食堂。"

我们的手，紧紧地搭在一起。

妈妈身上最难看的地方

回家找一找，妈妈身上最难看的地方。这是老师给一年级新生布置的第一次家庭作业。

孩子们唧唧喳喳地嚷开了，以前，幼儿园老师都是让大家寻找妈妈身上最漂亮、最可爱、最伟大的地方，现在却让寻找妈妈身上最难看的地方，这也太搞怪了。老师微笑而坚定地看着大家说：“没错，这就是大家的第一次家庭作业。”

第二天的班会上，老师让大家一一谈谈，自己妈妈身上最难看的地方是哪里。

同学们你看着我，我看着你，谁都不愿意第一个开口。

老师环视大家一眼说：“那我先来谈谈。昨天我也特地回去看望了我的妈妈。结婚后，因为孩子小，工作忙，我很少回家看望妈妈，最近已经有两个多月没有看见妈妈了。昨晚我回到了妈妈的家，老人家看见我很开心。可是，两个多月没见，妈妈似乎又老了很多，她的腰本来就不太好，这些天湿气又大，她的腰病就又犯了，她佝偻着腰，在厨房里忙着，让人看了心痛。

妈妈年轻的时候，腰杆挺直，身材修长，腰曾经是妈妈身上最好看的部分，现在，却成了妈妈身上最难看的地方。”

老师的话像石子投入水中，孩子们唧唧喳喳地谈开了。

有个男孩子说：“昨晚吃过晚饭，妈妈和以往一样，在厨房里刷碗。我就站在一边，死劲地盯着妈妈看，想找到她身上最难看的地方。妈妈看见我盯着她，奇怪地问我有什么事。我没告诉她。我妈妈才三十几岁，很好看呢。一直到妈妈刷好碗，我也没找着她身上难看的地方。妈妈拉我走出厨房的时候，我摸到了妈妈的手。刚刚刷过碗的妈妈的手，又粗糙，又油腻。手是我妈妈身上最难看的地方。”

另一个男孩子接过话茬说：“我妈妈最难看的是她的罗圈腿。”听到罗圈腿，全班的孩子都哄地笑了。老师示意大家不要取笑别人。男孩子红着脸说：“我的妈妈在纺织厂上班，工作的时候都是站着的，而且要跑来跑去接线头，有时候，一站就是连着好几个小时，所以，她的腿慢慢就成了罗圈腿。”说完了，男孩子又补充了一句，“虽然我妈妈的罗圈腿走起路来很难看，但我还是最爱我的妈妈。”

一个女孩子站起来说：“我的妈妈最难看的是她脸上的一道疤。”女孩子用手在自己的下巴上点了一下，“就是这个位置。那道疤痕很明显，一眼就能看到。就为了妈妈脸上有这道疤，小时候我都不愿意和她一起出门，那道疤使她看起来很凶。记得有一次，我和妈妈吵起来了，原因就是我认为妈妈脸上那道疤让我难堪了。那次，爸爸第一次揍了我，他生气地告诉我，那是因为我小时候有一次淘气，妈妈在保护我的时候，自己的脸被扎破了，从此才留下了那道疤。”女孩说着说着，声音哽咽起来。

坐在女孩旁边的另外两个女孩子同时站了起来，她们是一对双胞胎。个子略微显得矮一些的女孩子怯怯地说："我们妈妈身上最难看的地方，是她的肚皮。""肚皮？"有个调皮的男孩子故意重复了一句。个子高一些的女孩大声说："是的，妈妈的肚皮。前几天，我们和妈妈一起洗澡，发现妈妈的肚皮皱得像揉成一团的纸一样，那是我们见过的最难看的肚皮了。我们好奇地问妈妈，她的肚皮怎么这么难看。妈妈摸摸肚皮对我们说，因为是我们撑的。妈妈跟我们解释之后，我们才明白，那叫妊娠纹，每一个妈妈的肚皮上都有的，因为我们是双胞胎，所以，妈妈怀孕的时候，肚子就特别大，后来，留下来的妊娠纹也就特别重，特别难看。"

全班鸦雀无声。

双胞胎姐妹同时说："我们觉得，妈妈身上的妊娠纹是妈妈身上最难看的地方，也是最美丽、最可爱、最神圣的地方。"

全班同学报以热烈的掌声。

班会快要结束了，老师总结说："其实，妈妈身上很多难看的地方，往往是因为照顾我们、呵护我们、养育我们而留下来的。正如有的同学说的那样，妈妈身上最难看的地方，也可能是最美丽的地方。请记住妈妈的美丽，让我们每天回到家，不忘对妈妈说一声：'我爱你！'"

像孩子那样跌倒

工作上的挫败弄得他最近一直很忧郁。我们几个朋友去看望他。

苦劝，没有效果。

她说："我试试。"她是幼儿园老师。

她问他："孩子跌倒了一般会怎么样？"

他想都没想说："哭呗。"

没错，孩子跌倒了，往往会哭，这是我们最深刻的印象。孩子摔跤，跌倒了，是常有的事。哪个孩子不是在一次次跌倒中长大的？她看看他，又扫视一眼我们大家，继续说："我在幼儿园工作了二十多年，带过成百上千的孩子。每天，我都会看到这个孩子或者那个孩子一次又一次跌倒。通过仔细观察，我发现，孩子们在跌倒之后的表现，很独特，很有意思。"

我们都好奇地竖起了耳朵，他也表现出难得的兴趣。

"孩子一般跌倒之后，都会四处寻找，是什么东西将他绊倒了。搞清楚是什么东西使'坏'后，他们往往会愤怒地踹它一脚。踹完了这一脚，他们的气也就消得差不多了。不过，狠狠地踹一脚固然解气，也是有代价的，反作用弄痛了他们的小脚。这使他们慢慢明白，向绊倒你的东西撒气，是并不明智的。”

她呷了口水，继续说：“我们一直以为，孩子在跌倒之后，都会立即爬起来。这真是一个成人化的误解。很多孩子在跌倒之后，偏偏不立即爬起来。有一次，我领着孩子们在户外游戏，一个男孩被什么东西绊倒了，只见他四肢着地，很狼狈地匍匐在草地上。奇怪的是，很长一会儿他却没有爬起来。我担心他受伤，赶紧走过去。男孩毫发未损。我问他：‘为什么不起来呢？’他很认真地对我说：‘老师，我在找找，有没有什么好玩的东西。’我看见，他的左手上拿着几片五彩缤纷的落叶，右手握着一小截树枝，在草丛里捣腾着什么。原来他是在自己跌倒的地方，寻找自己感兴趣的东西，看看有没有意外的收获呢。多么可爱，多么富有探寻精神的孩子啊。”

我们面面相觑，其中几个做了父母的更是一脸惭愧。说实话，我们的孩子在成长过程中也是经常跌倒的，而我们除了将孩子拉起来安抚一番之外，从来没有留意过孩子跌倒之后的表现。

她环顾我们，继续说：“还有很多孩子在跌倒之后，索性躺在地上，不起来了。千万别以为，这是孩子们在耍赖。有一次，两个孩子在玩耍，一不小心，互相绊倒了。我以为两个孩子要互相指责，甚至哭闹起来。没想到，两个人既没有哭闹，也没有爬起来，而是安静地仰面躺在地上。我好奇地走过去。两个孩子争抢着对我说：‘老师，我们幼儿园的屋顶真好看啊。’我抬头看看屋顶，那是一块我几乎从没有注意过的地方。后来，我也干脆躺下来，和两个孩子一起躺着看我们活动室的屋顶。那是一个完全不同的视角，我第一次躺着看它，挂着彩条的屋顶是如此美妙，如此迷人。我忽然明白，为什么孩子跌倒后，反而经常会躺着一动不动了，他们躺在那儿，以全新的视角，看到了天空、高楼顶端、飞翔的鸟、变幻着的云彩。跌倒之后，他们看到了风景。”

她转向他，他已经听得入迷了。她问他：“那么，孩子跌倒之后，一定会做的一件事是什么？”

他想了想，说：“爬起来。”

“对，跌倒了，爬起来！这是孩子们必然会做的一件事，何况我们成人呢？”

他不好意思地低下了头。

她将手伸向他说：“还有很重要的一点，孩子在跌倒之后，对伸向他的手或者张开的怀抱，从不拒绝。因为他知道，那是帮助他的。”

他犹豫了一下，握住了她的手。我们的手全都紧紧地有力地握在一起。

他坚定地站了起来。

帮我们看清世界的“眼睛”

Emily Lee是一名自由摄影师，以拍摄动物为主，在她的镜头下，动物和人和谐相处，构建了一个充满爱的温暖世界。她最著名的一组摄影作品《女孩与小鹿》，讲述的是一个女孩与一头小鹿的故事。照片中，小鹿与女孩相互依偎，草地上、帐篷里、小路旁，到处都是她们亲昵地生活在一起的场景。这是一个爱的故事。Emily Lee在自己的博客中写道：“很多情况下，透过镜头看这个世界，会让我看得更清楚。”

另一位同为动物摄影师的Nick Brandt，长期旅居在非洲，他的镜头捕捉着非洲大草原上真正的主人——野生动物们。通过他的镜头，我们第一次发现，生活在这片广袤的原生态草原上的野生动物，如此神秘，又如此华丽。他拍的大象如金字塔一般厚重，他拍的犀牛像黑碳一样古老，他拍的猿猴甚至比人类更聪明，他拍的虎崽顽皮而霸气。Nick Brandt曾经对采访他的记者说：“我的镜头捕捉到的，永远比我的眼睛看到的更接近真实的非洲。”

镜头是他们的另一只眼睛，它帮助他们更加清晰地看清这个世界。

我的一位朋友是外科医生。平时与他接触中，感觉他是一个特别木讷的人，朋友聚集在一起的时候，他的话最少，偶尔蹦出来几句话，也常常不搭调。他的妻子也认为他是一个动手能力很差、办事拖沓、毫无情趣的人，就连对于家里诸如电器坏了、下水道堵了这些一般需要男人解决的问题，他也一概显得比妻子更束手无策。可是，就是这样一个人，每年却主刀做了四百多台手术。只要一走进手术室，拿起手术刀，他就像彻底地变成了另外一个人，头脑清晰、判断准确、下刀果断、动作干净利索。在他的手术刀下，每年有几百人摆脱了疾病的纠缠，挽回了健康和生命，他被公认为“外科第一刀”。我曾经好奇地问过他，在生活中和手术台前，为什么会恍若两人？他挠挠头皮，憨憨地说，在无影灯下，一拿起手术刀，自己的思路就会特别敏锐，即使再细微的病灶也难逃他的眼睛和手术刀。我想，也许对他来说，手术刀就是他的另一只眼睛吧，让他更清晰地看清眼前的病灶，那是属于他的世界。

有一次，我去采访一位微雕大师，他能在一根头发丝上刻下一首唐诗，他曾经在一块象牙上雕刻了全本《水浒传》，从而获得了吉尼斯世界纪录。在去采访他的路上，我想象着他应该是一个束着长发、目光犀利的艺术大师的形象。然而，当我见到他时，眼前却是一个戴着厚厚的近视眼镜、动作迟缓、衣着邋遢的中年男人。我递给他一张名片，他竟然凑到眼前，才看清我是报社的记者。采访快结束时，我们请他现场示范一下在一根发丝上雕刻，以便我们拍几张照片。他欣然同意，将一根头发放在高倍显微镜下，又拿出一把刻刀，我只看到了刀柄，比发丝还要精细十几倍的刀尖和刀刃，我们根本看不见。他戴着眼镜，凑到显微镜的窥孔前，开始雕刻。他的神情一下子变得专注、凝重起来，只见他一只手捏着发尖，一只手极轻微地旋转着刀柄，世界骤然安静了、停滞了、凝固了，只听见我们自己的呼吸声。半个多小时后，他从容收刀。我们好奇地凑到显微镜下观看，一首李白的《静夜思》赫然呈现在眼前，笔锋锐利，宛如一幅精致的书法作品。再看眼前的他，已经又恢复了有点迟缓、有点邋遢的中年男人模样。我想，他手中精细若无的刻刀，才是他看清这个世界的“眼睛”吧。

豁然明白，摄影师手中的镜头、外科医生手中的手术刀、雕刻家手中的刻刀，才是他们拥有的更明亮的眼睛，透过这双眼睛，他们看到了我们从未留意、没有看到，也无法看清的另一个真实世界。在那个世界里，他们目光如炬，充满睿智，身手敏捷。那是兴趣所在，是灵魂的自然流露，是我们这个社会所极需的专业精神。

我们都需要这样一双眼睛，来帮我们看清自己的世界。